GEPRÄGTE GEFÄHRTIN

INTERSTELLARE BRÄUTE® PROGRAMM
BUCH VIERUNDZWANZIG

GRACE GOODWIN

Der Vollstrecker von Rogue 5
Grace Goodwin

ISBN: 9781795931984
Coverdesign: Copyright 2022 durch TydByts Media
Bildnachweis: Deposit Photos: frenta; diversepixel; Angela_Harburn;
ferrerivideo

WILLKOMMENSGESCHENK!

TRAGE DICH FÜR MEINEN NEWSLETTER EIN, UM LESEPROBEN, VORSCHAUEN UND EIN WILLKOMMENSGESCHENK ZU ERHALTEN!

http://kostenlosescifiromantik.com

INTERSTELLARE BRÄUTE®
PROGRAMM

*D*EIN Partner ist irgendwo da draußen. Mach noch heute den Test und finde deinen perfekten Partner. Bist du bereit für einen sexy Alienpartner (oder zwei)?

Melde dich jetzt freiwillig!
interstellarebraut.com

KAPITEL 1

Elite-Jäger Stark

NICHT JETZT.

Nicht schon wieder.

Eine Schwindelattacke zwang mich dazu, mich mit der Hand an der Wand meines Schiffes abzustützen, um nicht umzufallen. Ich suchte diesen Planeten schon seit einigen Stunden nach den Verbrechern ab, denen ich auf der Spur war, und von Anfang an hatte sich etwas an meinen Sinnen zu schaffen gemacht. Etwas, das ich noch nie verspürt hatte. Voller Intensität. Verwirrend. Ohne Quelle oder Grund. Ich hätte ja schon vermutet, dass es auf diesem Planeten ein Pathogen gab, das sich so auf mich auswirkte, aber mein Unwohlsein hatte schon begonnen, als ich noch im Orbit war.

Ich hatte keine Erklärung oder Theorie dafür, was mit mir los sein könnte. Gleich nach der Landung hatte ich meinen ReGen-Stab herausgeholt und einen ausführlichen Gesundheits-Check laufen lassen. Laut der nervend grellen, blau-grünen kleinen Lämpchen war ich bei bester Gesundheit—

„Sche—" Schmerz explodierte in meinem Schädel mit der Kraft eines Dolchstoßes. Hitze lief mir in Wallungen über die Haut. Meine Handfläche brannte. Mein Magen wollte sich umdrehen. Mein Schwanz wurde steif und schmerzte, mit einem verzweifelten Drang nach Erlösung. Dem verzweifelten Drang, etwas zu finden...*sie?*

Was. Zum. Henker?

Der ReGen-Stab musste wohl fehlerhaft sein. Ich würde mich gründlich durchuntersuchen lassen müssen, sobald ich diese Mission abgeschlossen hatte.

„Reiß dich zusammen, Stark", befahl ich mir selbst mit strenger Stimme. Schwäche konnte ich mir nicht leisten. Eine Handvoll der gefährlichsten, bösartigsten Verbrecher, die je geboren worden waren, waren einem everianischen Gefangenenschiff entkommen—mit Hilfe ihrer Kumpanen aus der Legion Sirena auf Rogue 5. Die anderen Jäger in meinem Trupp waren beauftragt worden, diese Komplizen aufzuspüren. Ich war hierhergeschickt worden, um den Sirena-Abschaum einzufangen, der sich auf diesem primitiven, hinterwäldlerischen Planeten einen Stützpunkt aufbauen wollte.

Die Erde mit ihren Menschen war, meinen Nachforschungen zufolge, das neueste Mitglied in der Interstellaren Koalition der Planeten. Die Erde war weithin bekannt für ihren Mangel an... so vielem. Hier führte man immer noch Kriege um Ressourcen und Gebiete. Hier ließ man zu, dass das eigene Volk verhungerte—

gefangen in einem Geldsystem, das so gestaltet war, dass die Reichen reich bleiben konnten, während die Mehrheit sich tagtäglich für das Notwendigste abschuften musste. Die Koalition hatte die Menschen der Erde zwar unter ihren Schutz genommen, aber sie traute ihnen nicht. Noch nicht. Vielleicht in ein paar hundert Jahren.

Tatsächlich hatte ich nie verstanden, warum sie die Erde in die Koalition gelassen hatten, bis ich einer Braut von der Erde begegnet war. Mein Freund Zee hatte sich eine Menschenfrau zur Gefährtin genommen. Mehr noch, sie war seine geprägte Gefährtin, sein perfektes Gegenstück, ihre Seelen zu einer Verbindung imstande, die ebenso selten war, wie von allen Everianern in höchsten Ehren gehalten. Ich hatte nicht den geringsten Glauben, dass ein solches Frauenwesen für mich existierte. Und das war auch besser so, denn ich hatte keine Zeit für eine Gefährtin. Es gab immer Böses zu jagen.

Ich rieb mir die Augenbrauen, als der Schmerz nachließ, und rückte mir den schmerzhaft angeschwollenen Schwanz unter der Rüstung zurecht. War dies ein übersinnlicher Angriff? Es gab keine andere Erklärung dafür. Ich hatte jahrelang daran gearbeitet, meine mentale Abwehr zu perfektionieren. War es den Schurken von Rogue 5 etwa gelungen, die Technologie der Prillonen-Kragen zu modifizieren und eine neue telepathische Waffe daraus zu entwickeln?

Ich schritt die Rampe des Schiffs hinunter und aktivierte das Sicherungssystem. Der Tarnmechanismus des Schiffs reagierte auf eine Handbewegung von mir. Das Schiff hob lautlos vom Boden ab und hing über dem Dach des vierstöckigen Gebäudes in der Luft. Sobald es sich stabilisiert hatte, wurde das elegante schwarze Gefährt vor meinen Augen unsichtbar.

Die Bordsensoren würden die Höhe so anpassen, dass das Schiff außer Reichweite blieb, sollte ein Mensch auf das Dach stolpern. Ich würde mich nicht lange hier aufhalten. Die Spur meiner Beute hatte mich bis zu dieser Stadt geführt. Ich war ein Elite-Jäger. Einer der besten.

Es würde ein Leichtes sein, die drei Sirena-Agenten aufzuspüren und ihnen ihre gerechte Strafe zukommen zu lassen. Schon in wenigen Stunden würde ich wieder auf dem Rückweg nach Everis sein.

Heiße, schwüle Luft hüllte mich ein wie eine feuchte Decke. Eine weitere Hitzewallung flutete meinen Körper, und mein Schwanz pochte, mein Blick wurde trüb. Was —oder wer—auch immer da wie ein mentaler Hammer gegen die Mauern hämmerte, die ich zum Schutz um meinen Verstand herum errichtet hatte, wurde immer entschlossener.

Ich biss die Zähne zusammen, zwang mich, mein Umfeld wieder scharf zu sehen, und sandte meine Instinkte aus—auf der Suche nach einer Richtung, einer Ahnung von Bewegung, der Präsenz des Feindes hier an diesem Ort.

Da. Sirena-Abschaum. Ich hatte, was ich brauchte. Ein Ziel.

~

Rebecca, Miami, Florida, Erde

. . .

Es war ein dämliches Vorhaben. Völlig verrückt. War ich wirklich so scharf darauf, einen Tag, bevor mein neues Leben beginnen sollte, in den Tod zu laufen?

Ich kehrte nicht um und eilte nicht nach Hause zurück, also ja. Das war ich wohl. Denn ich musste diesen Kids helfen, und zwar jetzt oder nie. In vierundzwanzig Stunden würde diese Stadt nicht mehr mein Zuhause sein. Morgen war ich fort. Ganz früh am Morgen würde der Umzugswagen da sein. Dann musste ich noch ein paar Akten ins Jugendzentrum bringen. Meine Nachfolge hatte ich schon die letzten sechs Monate lang eingeschult. Ich hatte einen Platz an der Universität bekommen, die meine erste Wahl gewesen war. Der Unterricht fing in weniger als zwei Wochen an. Alles war arrangiert. Ich würde mir meinen Abschluss holen, damit ich dann mehr bewirken konnte. Sponsoren rekrutieren. Das Zentrum ausbauen. Den Kids, für die das Jugendzentrum eine zweite Heimat war, Therapie und medizinische Grundversorgung zur Verfügung stellen.

Ich hatte lange genug in meinem Trott festgesteckt.

Ich blieb stehen und lugte vorsichtig in die nächste dunkle Seitengasse, und seufzte. Dunkelheit hing über dem Ort, kaum verdrängt von dreckigen, vergilbten Straßenlaternen und dem Mond, der sich in den Wasserpfützen spiegelte, die sich in den Rissen im Gehsteigbelag gesammelt hatten. Die rasenden Kopfschmerzen, die mich schon seit ein paar Stunden plagten, machten meine Stimmung auch nicht besser. Nichts konnte das. Nichts, außer die Scheißkerle zu stellen, die Andreas wehgetan hatten. Er war erst fünfzehn. Zu jung für diesen Scheiß.

Bei ihm zu Hause wurde es nach und nach endlich besser. Er hatte eine neue Pflegefamilie, die ihn vergötterte. Er war in der Schule besser geworden. Ich hatte ihn in den letzten paar Wochen doch tatsächlich *lächeln* gesehen.

Und jetzt das?

Ich ging neben meiner Bullmastiff-Hündin Lilah in die Hocke, legte meinen Arm auf ihren Rücken und horchte, ob Stimmen aus der Seitengasse kamen. Schritte. Irgendein Anzeichen dafür, dass jemand in der Nähe war.

Nichts. Die dunklen Schatten zwischen den Gebäuden rochen nach schmutzigem Motoröl, verbrannten Reifen und Urin—letzteres war den Besuchern der Bar zu verdanken, die im Ziegelbau neben mir untergebracht war.

Lilah schnaubte und versuchte, mir mit ihrer riesigen Zunge übers Gesicht zu lecken. Nicht etwa über meine Nase oder Wange, sondern übers ganze Gesicht. Sie wog fast hundert Kilo, hatte seidiges, goldenes Fell, ein schwarzes Gesicht und die traurigsten Augen, die ich je gesehen hatte. Ich wusste nicht, wie ein so großes Wesen einen so erbärmlichen Hundeblick zusammenbrachte— ganz besonders, wenn sie etwas von mir wollte—aber sie schaffte es. Und ich gab nach. Jedes Mal.

„Na los, Mädel." Ich schlüpfte um die Ecke, Lilah dicht hinter mir, ganz brav an der Leine, wie wir es geübt hatten. Ich arbeitete schon mit ihr, seit sie ein Welpe war. Mir war wichtig, dass sie sich zu benehmen wusste, wenn sie groß war. Ich liebte große Hunde, aber ich wusste auch, dass sie ganz schön schwer zu kontrollieren sein konnten, wenn man nicht schon ganz jung mit dem Training anfing.

Sie tapste an meiner Seite, während ich jeden Schritt sorgfältig setzte, fest entschlossen, keinen Mucks zu machen. Ich hatte mich immer schon leise bewegen können und hatte meine Freunde und Familie schon des Öfteren so erschreckt; dieses Talent kam mir jetzt gut gelegen. Mein Plan war, herauszufinden, wo diese Bastarde ihren Stützpunkt hatten, und dann die Polizei auf sie zu hetzen. Sollten sie mich bemerken, hatte ich die perfekte Ausrede dafür, so spät hier unterwegs zu sein. Ich war nur ein einfaches Mädel aus der Nachbarschaft, die ihren Hund Gassi führte. Ich würde sie finden. Die Polizei würde sie fassen, und meine Kids würden in Sicherheit sein. Nun, vielleicht nicht in Sicherheit—niemand war je völlig sicher in diesem Stadtteil—aber *sicherer.*

Mein Handy vibrierte in meiner hinteren Hosentasche und ich zog es heraus, um die Textnachricht zu lesen. Sie stammte von einer Kollegin aus dem Jugendzentrum.

ALLES OK MIT ANDREAS. Arzt hat ihn heimgeschickt.

MEINE HAND ZITTERTE, während ich ein einfaches *danke* zurückschrieb und das Telefon wieder wegsteckte. Das Muttermal auf meiner Handfläche juckte. *Schon wieder.* Das verdammte Ding trieb mich schon den ganzen Tag lang in den Wahnsinn. Ich rieb meine Hand über die

Naht an meiner Jeans, um das Jucken zu lindern, und ging weiter. Ich war nahe. Ich konnte es spüren.

Ich wusste, dass die Männer, die ich suchte, das pure Böse waren. Das mussten sie sein. Niemand sonst könnte eine solche Droge an Kinder ausgeben.

An *meine* Kinder. Teenager, die zu mir kamen, weil sie Sicherheit und Schutz suchten; die mir von ihrem höllischen Leben erzählten, das sie zu Hause ertragen mussten, oder davon, wie oft sie hungrig waren. Ich liebte diese Kinder. Wachte über sie. Ich war wie eine kriegerische große Schwester, die nicht so schnell vergab. Niemand bedrohte meine Kids. Und diese Alien-Mistkerle hatten heute Nachmittag einen von ihnen mit ihrer neuen Designerdroge ins Krankenhaus befördert. ‚Quell' nannten sie es. Bis vor ein paar Wochen hatte noch nie jemand davon gehört. Nicht meine Kontakte auf der Polizeiwache, und auch nicht jene Kids, von denen ich wusste, dass sie in gefährlicher Gesellschaft—*Gangs*—unterwegs waren. Auch von dieser bestimmten Gang hatte noch nie zuvor jemand gehört. Sie waren aus dem Nichts erschienen und hatten begonnen, diese Droge zu verkaufen und alle anderen Gangs oder Dealer umzubringen, die ihnen in die Quere kamen.

Sie waren effizient, das musste ich ihnen lassen. Die Polizei hatte mit der Abarbeitung all dieser Todesfälle die Hände voll. Ich hatte in den Lokalnachrichten gelesen, dass sie schon das FBI und die Drogenbehörde zur Verstärkung dazugeholt hatten, um der Gewalt ein Ende zu setzen. Unsere Stadt wurde von einem ‚*Gang-Krieg*' zerstört.

Gut, meine Stadt war nicht gerade Beverly Hills, aber sie war mein Zuhause, und langsam wurde sie zu einem verdammten Desaster. An die neuen Drogendealer kam niemand heran. Es war, als könnten sie Gedanken lesen oder so. Sie wurden nie gefasst; entwischten jedes Mal.

Aber Andreas hatte mir etwas zugeflüstert, bevor er das Bewusstsein verloren hatte, als die Sanitäter ihn in den Krankenwagen schoben.

Aliens.

Ich hatte ihn gefragt, wer das Quell verkaufte, wo er es in die Finger bekommen hatte, und das war das einzige Wort, das er herausbrachte. Aliens. Gottverdammte, beschissene Aliens.

Und dann hatte er mir seinen Kapuzenpulli in die Hand gedrückt, mit einer Riesenangst im Gesicht. Er hatte meine Hand genommen und sie um einen faustgroßen Gegenstand gelegt, der in der Tasche des Pullis versteckt war, und gesagt: ,*Das gehört ihnen. Ich habe es geklaut. Es tut mir leid. Sie werden es sich holen kommen. Es tut mir so leid.*'

Er hatte geschluchzt wie ein Dreijähriger. Ich hatte ihn gefragt, was es war und warum er es genommen hatte. Wie es dazu gekommen war. Wer ihm die Droge gegeben hatte. Ich hatte so schnell gesprochen, dass die Worte sich überschlugen. Nicht, dass das einen Unterschied gemacht hätte. Er hatte noch ein letztes Wort für mich gehabt—*Aliens*—dann war er ohnmächtig geworden, während ich weiter brabbelte. Die Sanitäter schoben ihn in ihren Wagen, schlugen mir die Türen ins Gesicht und fuhren davon.

Noch vor ein paar Jahren hätte ich über die Vorstellung von Aliens gelacht, so wie jeder andere auch. Aber eine meiner besten Freundinnen, Katie, hatte sich als Interstellare Braut gemeldet. Sie hatte sich in dieses

Abfertigungszentrum begeben und war nie wieder raus-
gekommen. Die Aliens hatten in dem Gebäude eine Art
Transportertechnologie à la *Beam mich hoch, Scotty*. Sie
hatte mir das Geld schicken lassen, das sie für ihre
Meldung als Braut bekommen hatte, und eine Nachricht,
in der sie mir erklärte, dass sie die Erde mit all ihren
Verrücktheiten satt hatte. Sie wollte einen Neubeginn.

Ihre Eltern waren beide drogensüchtig und selbst
Dealer, also konnte ich es ihr kein bisschen verübeln. Ich
hatte das Geld für Verbesserungen im Zentrum ausgege-
ben, und um mir Lilah aus dem Tierschutzhaus zu
holen. Sie war das beste Geburtstagsgeschenk, das ich
mir je gemacht hatte. Ein Hundebaby. Ein tollpatschiges,
niedliches Hundebaby mit unmöglich großen Tatzen.

Und jetzt stand ich mitten in der Nacht in einem
gefährlichen Stadtteil und trieb mich in dunklen Gassen
herum. Hatte ich eine Pistole? Ein Messer? Oder auch
nur Pfefferspray? Wie wäre es mit einem Jedi-Ritter, der
mich mit seinem hellblau leuchtenden Lichtschwert
verteidigen konnte? Auf all das gab es nur ein großes
NEIN. Ich hatte einen Hund. Einen Schoßhund, der
hundert Kilo wog und mir bei jeder Gelegenheit übers
Gesicht schleckte. Mit ihr fühlte ich mich sicherer. Und
im Moment war das alles, was zählte.

Zehn Minuten und zwei Abbiegungen später stand
ich vor einem heruntergekommenen Einkaufszentrum.
Es war einmal ein heller, strahlender Konsumtempel
gewesen. Inzwischen bröckelten an allen Ecken die
Ziegel ab, mehrere Fenster waren mit Brettern vernagelt,
wo das Glas zerbrochen war und es niemandem wichtig
genug war, es zu ersetzen, und der Parkplatz bestand aus
mehr Schlaglöchern als Asphalt.

Irgendwo am Ende, in einem der aufgelassenen Geschäftslokale, brannte ein Licht. Das Lokal war nicht groß, aber es hatte ein Drive-In-Fenster, an dem in diesem Moment ein schwarzes SUV hielt und das Fenster auf der Fahrerseite herunterließ.

Lilah stieß ein tiefes Grollen aus. Ein Knurren. Eine Warnung.

„Schhh, Mädchen." Ich holte mein Handy hervor, um ein Foto vom Nummernschild zu machen. Ich zoomte heran und bemühte mich, die Ziffern und Buchstaben scharf zu stellen. „Hab's." Ich drückte den Auslöser.

Ein heller Blitz leuchtete aus meinem Handy auf. Die Rücklichter des SUV gingen an und es fuhr rückwärts auf mich zu, während ein Paar riesiger Männer aus der Vordertür des Lokals kamen.

Das SUV blieb mit quietschenden Reifen stehen. Ich sah etwas blitzen. Hörte einen lauten Knall.

„Scheiße."

Ich blickte nach unten und sah einen dunklen Fleck an meiner Seite, der sich langsam ausbreitete und meine gelbe Lieblingsbluse durchtränkte.

Das SUV raste davon. Die beiden Riesen waren inzwischen zu bedrohlichen Schattenfiguren geworden, die sich mir rasch näherten.

Lilah stellte sich zwischen uns und bleckte die Zähne, ein tiefes, warnendes Knurren an die beiden Schatten gerichtet. Sie blieben etwa zehn Schritte von mir entfernt stehen, vorsichtig aber nicht ängstlich.

„Was willst du hier, Weib?" Die Stimme war harsch. Unnachgiebig.

„Ähm---Gassi gehen." Ich presste meine Hand an

meine Seite, spürte das warme Blut und hielt mir dann die Finger vors Gesicht, um meinen Verdacht zu bestätigen. Auf meinen Fingern und meiner Handfläche hatte ich dunkelrote Flecken. Der Boden fing an, sich zu drehen. Instinktiv legte ich eine Hand auf Lilahs Rücken, um mich aufrecht zu halten.

Der zweite Schatten sprach, seine Stimme schon fast ein Knurren. Tiefer. Grausam. „Dafür haben wir jetzt keine Zeit. Wir müssen den Schlüssel finden." Er starrte mich an, ein grausames Lächeln auf den Lippen.

Scheiße. Hatte der etwa *Fangzähne*?

„Lass sie verbluten. Das Vieh bring um. Um die Leichen kümmern wir uns später."

Der erste Mann war einer, der Befehle befolgte. Er hob seinen Arm in meine Richtung, richtete seine Waffe auf Lilah. Keine normale Kanone. Eine seltsame, silbrige Weltraum-Kanone.

Das hier waren definitiv die Aliens. Ich hatte sie gefunden.

Ein hysterisches Lachen blubberte in mir hoch; Ich wusste, dass ich gleich sterben würde. Aber diese Arschlöcher würden meinen Hund nicht umbringen. „Nein!"

Ich warf mich in dem Moment vor Lilah, als ein Blitzstrahl vorne aus seiner Waffe schoss. Ein feuriger Schmerz explodierte in meiner Hüfte, und die Schulter meiner anderen Seite krachte auf den Beton. Mein Kopf prallte als nächstes auf, und der Schmerz ließ schwarze Punkte in meinem Blickfeld erscheinen, die sich rasch zu einem Tunnel verdichteten. Ich kämpfte um mein Bewusstsein.

„Tut ihr nichts." Ich hob meine Hand, streckte sie ihnen entgegen, eine flehende Geste. „Nicht. Bitte."

Ein Schatten erschien hinter den beiden Angreifern. Dunkler. Lautlos. Als wäre es der Tod selbst, der gekommen war, um mich zu holen.

Ein feuriges Brennen durchfuhr meine Hand, eine willkommene Ablenkung von den Schmerzen.

Nur dass mir nichts mehr wehtat. Ich spürte gar nichts mehr...

Der dunkle Schatten kam von hinten an die beiden Aliens heran. Das schwache Licht einer fernen Straßenlaterne beleuchtete seine Gesichtszüge. Ein Kiefer wie aus Stein gemeißelt. Dunkle Augen. Schwarzes Haar. Lippen wie pure Sünde. Er war wunderschön. So unglaublich wunderschön. Der Tod war doch auch ein Engel, oder? War das nicht so gewesen?

Wenn *das* der Engel des Todes war, konnte er mich gerne nehmen. Hoffentlich mehr als einmal.

Lilah bellte, zerrte an ihrer Leine. Ich hatte nicht die Kraft, sie zurückzuhalten. Ich dachte mir, dass ich über ihr lautes Knurren hinweg Schreie hörte, aber die Laute waren zu weit entfernt. Der harte Beton presste schmerzhaft auf meine Knochen. Mein Kopf dröhnte. Kalt. Mir war inzwischen kalt geworden. So kalt. Überall, nur nicht in meiner Hand. Die war warm. So angenehm. So warm.

So müde.

Ich schloss die Augen und stellte mir vor, dass mein Todesengel mich in den Armen hielt und mir sagte, dass alles wieder gut werden würde. Ich hielt mich an dieser Vorstellung fest, so lange ich konnte. Bis es gar nichts mehr gab.

KAPITEL 2

WAS HATTE diese Menschenfrau hier zu suchen? Kein Frauenwesen, das bei Verstand war, würde diese Mistkerle aufsuchen kommen.

Bis zu ihrem Erscheinen war alles genau nach Plan verlaufen. Menschen in einem schwarzen Wagen waren gekommen, um sich an dem seltsamen Fenster am Ende des Gebäudes ein wenig Quell abzuholen. Ich hatte ihr Fahrzeug markiert, damit ich sie aufspüren konnte, sobald ich hier fertig war.

Und dann? Chaos. Menschenwaffen feuerten. Die Frau wurde verletzt, schwer.

Die Sirena-Agenten wussten nicht, dass ich hier war. Noch nicht. Aber es würde mir Vergnügen bereiten, ihr Leben zu beenden. Würdige Männer verletzten keine Frauenwesen, egal welcher Spezies.

„Lass sie verbluten. Das Vieh bring um. Um die Leichen kümmern wir uns später."

Ich kam lautlos näher.

„Nein!", erklang die Stimme der Frau.

Ich sah zu, wie der Hybride von Rogue 5 seinen Ionen-Blaster zückte und ihn auf das Tier richtete. Ich konnte es mir nicht leisten, einzuschreiten. Rokor, der Anführer, war gefährlich. Tödlich. Ich durfte meine Konzentra—

Ich spürte den Treffer in meiner Hüfte, als wäre ich selbst angeschossen worden. Der Schutzwall in meinem Kopf zerbarst wie gebrochenes Glas, und plötzlich sah ich durch zwei Augenpaare.

Sie hielt ihre kleine, blutverschmierte Hand hoch und bettelte um das Leben ihres Tieres. „Tut ihr nichts. Nicht. Bitte."

Ich konnte mich durch ihre Augen sehen, ein sich nähernder Schatten, der Tod höchstpersönlich. Sie hatte keine Angst vor dem Sterben, und auch nicht vor mir. Sie wollte—*verdammt auch*. Mein Schwanz zuckte. Heftig. Heiß. Meine Hand brannte. Sie wollte in meinen Armen liegen. Sie sehnte sich nach mir.

Sie gehörte *mir*.

Die Verbindung verblasste, doch ich klammerte mich an die schwindende Wärme in meinem Geist, wollte sie unbedingt wieder empfinden. Es waren nur ein paar Sekunden gewesen, aber mir ging die Zeit aus.

Auch ihr Tier musste die Gefahr verspürt haben. Das goldfarbene Wesen ging auf den Mann mit dem Ionen-Blaster in der Hand los. Der Geruch von verbranntem Fleisch füllte die Luft, als das Tier einen Schuss abbekam, doch es ließ sich davon nicht aufhalten. Es sprang, und sein Gewicht warf den Mann um. Das Tier setzte zum Töten an, sein riesiges schwarzes Maul an der Kehle des Mannes.

Ich war sofort zur Stelle, mein Blaster an der Schläfe des Mannes. Ich setzte seinem Kampf ein Ende und erhob mich danach, um mich um den Anführer zu kümmern.

Rokor drehte sich herum, um seinem Kumpanen zu Hilfe zu kommen, und fand stattdessen mich vor. Er hob die Hände, rannte nicht davon, sondern senkte sein Kinn zu einer spöttischen Verneigung.

Ich wünschte, er wäre gerannt. Ich wollte ihn jagen, bevor ich ihn tötete. Er war dafür verantwortlich, dass mein Frauenwesen schwer verwundet war. Hatte ihren Tod angeordnet, ohne Emotion oder Reue. In seinem Grinsen lag keine Reue. Keine Furcht. Er blickte auf das Abzeichen an meiner Uniform hinunter, das knapp unter meiner Schulter angebracht war.

„Ein Elite-Jäger? Ich wusste gar nicht, dass sich die Koalitionsflotte so für mich interessiert."

Ekel stieg in mir hoch, aber ich gab mich dem Gefühl nicht hin. Meine Gefährtin brauchte mich. Ich hatte keine Zeit, mit einem bösartigen Drecksack zu diskutieren. „Tot oder lebendig. Du entscheidest."

„Lebendig."

„Wann kommt euer Dritter zurück?" Drei von ihnen waren aus dem Gefängnis geflohen. Sie waren alle hier auf der Erde. Ich konnte sie *spüren*. Zwei hier. Einer...nicht weit weg. Leichte Beute.

Er lächelte mich an. Grinste, der Scheißkerl. Dann drehte er seine Hand so herum, dass ich gerade noch die Transporter-Sonde sehen konnte, die er hielt.

Ich feuerte. Zu spät. Er war verschwunden.

Ein Hitzestrahl fuhr mir durch die Hand und riss mich zurück in die Gegenwart. Zu *ihr.*

Ich rannte zu ihr und kniete mich neben ihr hin. Mein Puls raste, aber nicht von dem kurzen Kampf, sondern davon, ihr nahe zu sein. Der Duft ihrer Haut umhüllte mich—bestimmt irgendeine Blumenart. Eine, die ich nicht kannte, doch verführerisch war sie auf jeden Fall. Ich streckte die Hand nach ihrem Kopf aus, an die Stelle, wo ihre Haare von Blut verklebt waren. Ich kam nicht sehr nahe an sie heran, bevor ihr Tier eine Warnung knurrte.

„Ich tue ihr nichts. Versprochen."

Das Tier schnüffelte mit seiner kalten, nassen Schnauze an mir, das schwarze Gesicht und die dunklen Augen mit überraschender Intelligenz auf mich gerichtet. Ich fasste das als Erlaubnis auf, weiterzumachen, und richtete meine Aufmerksamkeit sofort wieder auf die besinnungslose Frau. Meine Frau.

Mit Hilfe der medizinischen Ausrüstung, die ich bei mir trug, gelang es mir, ihre Blutung zu stillen. Aber meine Ausstattung war minimal, nur für Notfälle gedacht. Sie würde Verletzte gerade lange genug am Leben halten, um es zurück auf ein Schiff oder zu einem Arzt zu schaffen. Meine Gefährtin brauchte mehr als das. Sie brauchte eine ReGen-Kapsel. Blutkonserven. Einige Tage, um zu heilen. Am wichtigsten jedoch war, dass sie sich davon abhalten musste, sich in Gefahr zu stürzen, indem sie hinterhältigen Verbrechern nachstellte.

Sie brauchte mich.

Mit raschen Bewegungen machte ich mich an die Arbeit. Erst setzte ich sie wieder auf dem Boden ab. Ihre pelzige Beschützerin lag auf ihrer anderen Seite, wachsam, aber ruhig. Ich entnahm dem toten Verbrecher eine DNA-Probe, um meine Beute registrieren zu können. Ihm die Waffen abzunehmen dauerte nur wenige Sekunden. Ich befestigte eine Bio-Fackel an der Leiche und aktivierte sie. In wenigen Minuten würde sein Körper vernichtet sein, zu Staub und Asche verbrannt. Das letzte, was die menschlichen Behörden in ihrer Sezierkammer brauchten, war eine Alien-Leiche, vielleicht auch noch voll mit illegaler Hive-Technologie.

Ich kehrte zu meiner Gefährtin zurück und vergaß fast aufs Atmen. Sie war ungewöhnlich schön, mit warmer, brauner Haut, die weicher war als alles, was ich je berührt hatte. Schwarzes Haar umrahmte in wilden Locken ihr Gesicht, und ihre Lippen waren prall und küssenswert. Ich schauderte, als ich mir vorstellte, diese Lippen zu kosten. Wie sie sich wohl um meinen harten Schaft herum anfühlten.

Mit professioneller Effizienz untersuchte ich sie auf weitere Wunden und legte einen Druckverband um ein übel aussehendes Loch unter ihrem Rippenbogen. Ihr Körper war weder klein noch zierlich. Volle Hüften. Große Brüste. Weiche Schenkel. Ich würde in ihrer Weichheit versinken. Sie würde sich anfühlen wie ein Zuhause. Wie Frieden.

Ich drehte ihre Handfläche nach oben und mein Herz setzte aus, als ich das Mal dort sah. Ich hatte es mir also nicht eingebildet. Irgendwie war es geschehen, dass sie wirklich mir gehörte. Meine geprägte Gefährtin.

Sie war umwerfend.

Ich wandte mich zu ihrem Tier herum, griff nach dem angesengten Fleck Haut an der Schulter der Kreatur. Ein weiteres leises Knurren als Warnung, und ich beschloss, die Wunde erst mal sein zu lassen. Das Tier schien keine Schmerzen zu haben. Wichtiger noch, es wollte ganz eindeutig nicht angefasst werden. Zumindest nicht von mir. Ich hatte für das Haustier meiner Gefährtin getan, was ich konnte. Das Wesen bedeutete ihr sichtlich viel. Genug, um sich dafür vor einen Ionen-Schuss zu werfen.

„Verdammt, Weib. Das wirst du gefälligst nicht wieder tun." Mein Versuch, mit ihr zu schimpfen, scheiterte kläglich—meine Rüge klang viel sanfter, als sie sollte.

Ich hob sie in meine Arme und genoss es, wie ihr weicher Körper sich an mich presste. Während ich sie zurück zu meinem Schiff trug, trottete ihr Tier neben mir her. Ich wusste nicht, ob das Tier darauf aus war, über meine Gefährtin zu wachen, oder mich in Schach zu halten.

Beschützerisch. Das gefiel mir.

Die Jagd würde warten müssen. Ich hatte Wichtigeres zu tun. Sie heilen. Sie in Besitz nehmen. Ihr Lust bereiten.

Ich hatte mir mein Leben nie mit einer geprägten Gefährtin vorgestellt, doch nun, da ich sie in den Armen hielt, wusste ich, dass ich sie niemals wieder loslassen konnte. Ich würde alles tun, was notwendig war, um sie zu umwerben. Bis sie wahrlich mir gehörte.

KAPITEL 3

*R*ebecca, *Krankenstation, Starks Schiff*

ICH LAG AUF DEM RÜCKEN, auf einer weichen, bequemen Oberfläche, die Wärme ausstrahlte. Ich streckte mich ein wenig, streckte die Zehen aus und holte tief Luft. Es roch eigenartig. Genauer gesagt roch es nach gar nichts. Keine Benzindämpfe, Pizzaöfen oder Mülleimer.

Wo zum Teufel war ich?

Ich öffnete die Augen.

Scheiße. Ich lag in einem Sarg. Einem gläsernen Sarg, wie das verdammte Schneewittchen im Wald. Nur, dass kein gutaussehender Prinz kommen würde, um mich zu küssen und alles wieder gut zu machen.

War ich tot? War das hier ein Traum?

Ich blickte auf meinen Körper hinunter und stellte

fest, dass ich nackt war. Völlig. Komplett. Splitterfasernackt.

Ich musste tot sein. Was war mit mir passiert? Die letzten Ereignisse hatten Mühe, sich durch den Nebel in meinem Kopf zu bahnen. Andreas. Er hatte mir seinen Pulli gegeben, mit dem seltsam leuchtenden Ding darin.

Ich war zum Jungendzentrum gelaufen, hatte es in meinen feuerfesten Safe gelegt und mir Lilahs Leine geschnappt, um mit ihr rauszugehen. Ich hatte die Drogendealer gefunden, die—

„Ach du Scheiße." Aliens. Wo waren diese beiden riesigen Aliens, die auf mich geschossen hatten?

Und diese Typen im schwarzen SUV? Die hatten zuerst auf mich geschossen, mit einer äußerst menschlichen Kugel. Dann der Weltraum-Laser. Die wollten meinen Hund töten. Und mich. Und sich dann später ‚um die Leichen kümmern‘.

„Lilah." War sie entkommen? Davongelaufen? Hatte der Arsch mit den verdammten *Fangzähnen* sie umgebracht, nachdem ich bewusstlos geworden war? Ich hoffte, dass sie zum Jugendzentrum zurückgelaufen war. Dort war fast immer irgendjemand, und alle dort kannten mein riesiges Kuschelmonster. Lilah wahr wahrscheinlich gerade bei den Kids, hatte ihren Kopf einem von ihnen in den Schoß gelegt und sonnte sich in Aufmerksamkeit.

Ich strich mir über den Bauch und die Hüfte, auf der Suche nach den Wunden, die ich dort wusste. Nichts als glatte Haut. Kein Blut. Keine Schmerzen.

Also gut. Dann war ich definitiv tot.

Höchst enttäuschend; ich war mit dem Leben noch nicht fertig gewesen.

Ich wischte mir die Tränen aus den Augen und begutachtete die durchsichtige Schale, die mich von Kopf bis Fuß ummantelte. Tot oder nicht, ich würde nicht in einem gläsernen Sarg liegenbleiben. Und ich würde mir Kleider finden.

Ich drückte mit den Handflächen nach oben. Wollte das verdammte Ding anheben.

„Du lieber Himmel." Der schwere Deckel rührte sich keinen Millimeter. Vibrierte nicht. Gar nichts.

Nur gut, dass ich bei meinen seltenen Besuchen im Fitness-Studio gerne an meinen Beinen arbeitete. Ich hatte nicht gerade schmale, zierliche Schenkel. Nicht ich. Meine waren groß und rund. Und von außen vielleicht weich, aber innen drin? Pure Kraft. Ich zog die Knie an meine Brust heran, bis ich die Fußsohlen flach an das Glas legen konnte, und drückte. Kräftig.

„Girl Poweeeeeer!" Einatmen. Pause. Ausatmen, stärker drücken.

Ein hörbares Knacken ermutigte mich, weiterzumachen. Es würde brechen.

Ein Riss erschien unter meiner Ferse.

„Ja!" Zwei Risse. Die ganze Glasfläche war von kleinen Scherbenstücken überzogen. Ich schloss die Augen und legte mir die Arme um den Kopf, um mein Gesicht zu schützen. Dieser Sargdeckel würde gleich bersten, und ich brauchte keine tausenden Schnitte, oder Glas in meinen Augen. Der Rest von mir? Damit würde ich mich auseinandersetzen, wenn ich erst aus diesem verdammten *Sarg* raus war.

„Aufhören! Was machst du denn da?" Eine tiefe Männerstimme rief die Worte, aber er klang, als würde er mich unter Wasser in einem Schwimmbecken anschreien. Gedämpft. Fern.

Mein rechter Fuß schoss nach oben, als das Glas unter meiner Ferse nachgab. Ein scharfer Schmerz brannte auf, als die spitzen Scherben am Deckel mir Knöchel und Unterschenkel zerschnitten.

Ich zuckte zusammen, zog den Fuß wieder zu mir herein und suchte mir einen neuen Ansatzpunkt neben dem Loch, das ich gerade geschaffen hatte.

Mir war egal, wie oft ich mein Bein hindurch stoßen musste, wie viele Schnitte ich mir holen musste. Ich würde ein Loch schaffen, das groß genug war, dass ich herauskrabbeln konnte—egal, was es mich kosten würde.

Bei lebendigem Leib in einem gläsernen Sarg begraben zu sein, war nicht akzeptabel. Nicht auch nur ansatzweise. Ich hatte eine milde Form von Platzangst. Normalerweise machte mir die nicht viel aus.

Aber in diesem Moment? In diesem Moment war ich gewillt, alles zu tun, um verdammt noch mal aus dieser kleinen Kiste zu entkommen.

Ich legte mir noch einmal die Arme übers Gesicht und drückte wieder mit den Beinen nach oben.

Scherben. Knacken. Das deutliche Krachen und Klirren ermunterte mich, weiter zu—

Das Glas war weg, und meine Füße ragten plötzlich frei in die Luft hinaus. Was zum—?

„Bei allen Göttern, Weib! Was machst du da? Willst du dich etwa umbringen? Dabei habe ich dich doch gerade erst wieder gesund bekommen!"

Ich drehte meinen Kopf in die Richtung, aus der die Stimme kam, ließ die Arme sinken, um meine nackten

Brüste zu bedecken, und blinzelte, um den Nebel aus meinem Blickfeld zu verbannen. Ich spürte heißes Blut mein Bein hinunterlaufen wie Regen an einer Fensterscheibe, aber ich wollte nicht hinsehen. Ich ließ die Füße sinken, bis sie auf der Oberfläche aufsaßen, auf der ich lag, und starrte.

Du lieber Himmel. Ich musste tot sein. Niemand war so gutaussehend. So muskulös. Und er trug nicht viel mehr als ich. Seine prächtigen Muskeln standen zur Schau, überall bis auf die engen Shorts, die kaum die Obergrenze seiner Oberschenkel bedeckten. Und sein—

Oh mein Gott. Der konnte aber *wirklich* nicht echt sein.

Während ich starrte, wurde er länger und dicker, als würde er sich durch den dünnen Stoff hindurch nach mir ausstrecken.

Hmmm, ja. Der war echt. Und ich wollte ihn in mir spüren, am besten sofort. Sofort und auf der Stelle.

Er ächzte. „Was mache ich bloß mit dir, Gefährtin?"

„Wie bitte?" Mehr als nur bizarr. Ich reagierte sonst nicht so auf Männer. Besonders nicht, während ich blutete, nackt war, an einem fremden Ort, der aussah wie ein—ich sah mir an, was ich von dem kleinen Raum sehen konnte—winziges Krankenzimmer. Meine Hand brannte und juckte, als hätte ich sie in ein Fass zorniger roter Ameisen gesteckt. Ich rieb mir die Handfläche am gegenüberliegenden Ellbogen, um mir die wenige Würde zu wahren, die ich noch hatte, und starrte meine Halluzination an. Er musste einfach meiner Phantasie entsprungen sein. Oder? Das alles hier musste ein grausamer Scherz sein, den Gott mir bereitete, weil ich mit neunzehn aufgehört hatte, zur Kirche zu gehen. Ich hatte mir keinen liebevollen Gott vorstellen können, der so viele Kinder in Elternhäusern lassen konnte, wo sie missbraucht werden, oder überhaupt obdachlos werden lassen, ganz auf sich allein gestellt.

Kurz gesagt, der Allmächtige hatte es sich mit mir verscherzt. Aber jetzt ging der Scherz auf meine Kosten.

Mister Sex-am-Stiel kam näher, sah sich mein blutendes Fußgelenk an und schüttelte den Kopf.

„Ich bin tot, nicht wahr? Also, wo bin ich? Was ist das hier für ein Ort?" *Und wie habe ich mir einen so sexy Engel verdient?*

Mit einem kleinen Gerät in der Hand kam er zum Sarg heran und legte mir das seltsame, wie ein Zauberstab aussehende Ding direkt neben den Fuß, bevor er es einschaltete. Ein blaugrünes Licht ging an einem Ende an, und er hielt es über die pochenden Schnitte an meinem Bein. Sofort ließ der Schmerz nach, dann verblasste er völlig. Ich setzte mich auf, die Arme immer noch über der Brust verschränkt, und sah fasziniert zu, wie die Schnitte wie von Zauberhand zusammenwuchsen. Nach nur wenigen Minuten war die Haut selbst wieder zusammengewachsen, bis sie glatt und ebenmäßig war, als wäre dort nie etwas gewesen.

Nur das Blut war noch da; es war von der Mitte der Wade bis zu den Zehen auf mir verschmiert.

Er drehte sein Gesicht zu mir herum, und es war nur wenige Zentimeter von meinem entfernt. „Bist du sonst noch wo verletzt?"

Sein Blick fuhr tief in mich hinein, und meine Nippel wurden zu schmerzenden Spitzen. Ich presste die Schenkel zusammen, so fest ich konnte, um die Feuchtigkeit zu verbergen, die sich zwischen meinen Beinen gebildet hatte.

Was war *los* mit mir?

Er legte eine Hand an meine Wange, mit behutsamer Bewegung, als wäre ich ein scheues Pferd, das jeden Moment durchgehen konnte. Sein Daumen strich über meinem Wangenknochen hin und her, mit einer Zärtlichkeit, die mich zu einer Pfütze zu zerschmelzen drohte. „Antworte mir. Bist du sonst noch wo verletzt?"

Ich schüttelte leicht den Kopf, nicht so stark, dass ich seine Hand dadurch abschütteln würde, oder den Daumen, der inzwischen über meine Unterlippe wanderte.

Würde er mich küssen?

Seine Lippen sahen weich und voll aus, und so nahe. Seine nackte Brust flehte nur danach, dass ich sie anfasste. Sie schmeckte. Ich wollte mit der Zunge über seine wohlgeformten Muskeln gleiten, feststellen, ob er so gut schmeckte, wie er roch. Ich brauchte nur die Hände sinken lassen und mich *vorbeugen.*

Genug jetzt! Hatte er mir etwa Drogen gegeben?

„Wer sind Sie? Und wo bin ich?"

„Hab keine Angst. Du bist in Sicherheit. Du warst zur Heilung und zum Ausruhen in einer ReGen-Kapsel. Mein Name ist Stark. Der fiese Abschaum, der dich töten wollte, wird dir nie wieder zu nahe kommen. Das schwöre ich dir, Gefährtin, bei meiner Ehre."

Gefährtin? Ehre? Was die beiden Männer betraf, die auf mich geschossen hatten— das waren gar keine Männer gewesen. Sondern—

Ich lehnte mich zurück, entzog mich seiner Berührung. Meine Lippe kribbelte da, wo er mich berührt hatte. Ich ignorierte die Empfindung und sah mich noch einmal um. Seltsame Muster waren in die Wände geprägt, die aussahen, als könnten sie aus Keramik sein, oder gefärbtem Glas. Der Sarg, in dem ich saß, hatte seltsame Diagramme an seiner Seite, komplett mit hell blitzenden Lichtern und etwas, das fast genauso aussah wie die Anzeige auf einer dieser Krankenhaus-Maschinen, die ständig piepten und den Herzschlag eines Patienten überwachten.

Ich hob eine Hand an meinen Hals und suchte meinen Puls. Meinen armen Puls, der ganz frenetisch war und mir fast aus meinem Körper springen wollte. Sobald ich die Erhebung und den Rhythmus unter meiner Haut ertastet hatte, beobachtete ich die zuckenden Linien auf dem Bildschirm.

Sie stimmten überein.

„Bin ich hier in einem Krankenhaus?"

„Nein."

„Wo ist Lilah?"

„Wer?"

„Mein Hund. Wo ist sie? Wenn Sie ihr etwas getan haben, ich schwöre, dann werde ich—"

Stark streckte die Hände hoch, Handflächen nach außen. „Deinem Haustier geht es gut. Sie wurde auch angeschossen und verletzt, aber sie brauchte keine ReGen-Kapsel. Ihre Verletzungen waren nicht so schwer wie deine."

„Ich sollte tot sein." Das war Tatsache. Ich wusste in dem Augenblick, als ich angeschossen worden war, dass ich an Ort und Stelle verbluten würde—während mein Blut in die Erde sickerte, die Kieselsteine mir ins Gesicht stachen wie winzige Dolche.

„In der Tat. Den Göttern sei Dank, dass du das nicht bist."

Seine Lippen bewegten sich, aber sie passten nicht zu dem, was ich hörte. „Sprechen Sie meine Sprache?"

„Nein. Ich spreche everianisch."

„Wie kommt es dann, dass ich Sie verstehe?"

Er hob eine Hand und deutete auf eine Stelle hinter seinem Ohr. „Neuroprozessor-Unit. Die NPU ist mit den Sprachzentren in deinem Gehirn verbunden, eine Art Universal-Übersetzer. Als ich dich in die Heilkapsel legte, habe ich mir herausgenommen, dafür zu sorgen, dass du eine hast."

Ich hob meine eigene Hand, und meine Fingerspitzen fanden den Knubbel unter meiner Haut. Der war vorher nicht da gewesen. Ganz bestimmt nicht. „Das ist dieses Ding also? Eine Heilkapsel? Wie in *Stargate*? Als der böse Pharaoh-Vogel-Typ sich in den Sarg legt und danach völlig verheilt ist?"

„Ich weiß nicht, worauf du dich hier beziehst, aber ja. Die ReGen-Kapsel kann die meisten Wunden heilen."

Ich blickte mit neuem Respekt auf die Matte hinunter, auf der ich lag, und erblickte den teils zersplitterten Deckel, den er anscheinend nach dem Öffnen zu Boden fallen lassen hatte. Ich begutachtete den Schaden, dann blickte ich zu ihm. „Das tut mir leid. Ich dachte, ich wäre in einem Sarg aus Glas. Lebendig begraben, verstehen Sie?"

„Rebecca, nein. Wer würde so etwas tun?"

Ich schnaubte. Woher kannte er meinen Namen? „Sie wären überrascht. Haben Sie noch nie einen Vampirfilm gesehen?" Bei seinem leeren Blick versuchte ich es erneut. „Vielleicht einen Mafia-Film?" Ich schwang die Beine über die Seite und achtete darauf, dass meine Schenkel geschlossen blieben. Ich war nackt.

Das war schlimm genug. Ich würde ihm nicht auch noch eine Peep-Show auf meine Pussy bescheren.

„Nein." Seine Stimme war rauh, tiefer. Er stand wie angewurzelt da. Wie gelähmt.

Mein Blick fiel auf das, was von meiner Kleidung übrig war—zerfetzt, mit großen Brandlöchern und Blutflecken überall. Das würde ich wohl nicht mehr anziehen. Neben meiner Kleidung war meine Tasche, die Brieftasche obenauf und geöffnet. Daher wusste er also, wer ich war. Ich musste annehmen, dass er auch wusste, wo ich wohnte. Mein Geburtsdatum. Scheiße. Mein Reisepass war auch da drin. Obwohl ich nicht so recht wusste, warum, da ich ja doch nie irgendwo hinfuhr. Irgendwie ließ es die Tatsache, dass ich ihn mit mir herumtrug, ein wenig möglicher erscheinen, die Welt zu bereisen.

„Dürfte ich um ein paar Kleidungsstücke bitten?"

Meine Bitte versetzte ihn in Bewegung. „Natürlich." Er ließ mich ein paar Minuten lang alleine. Als er zurückkam, war er vollständig bekleidet. Verdammt auch. Er hatte sich ein übergroßes schwarzes Hemd über die Schulter geworfen, das er mir nun reichte. „Das ist das einzige, was ich habe. Es tut mir leid. Ich habe nicht erwartet, dich zu finden, und ich habe keine S-Gen-Maschine an Bord installiert, die Kleidung herstellen kann."

Ich zog mir den weichen Stoff über den Kopf und atmete tief ein. Es roch nach ihm. Warm und würzig und unwiderstehlich. Ich wollte meine Nase darin vergraben und einfach nur riechen. Und ich wollte, dass er seine Kleider wieder auszog. Ich vermisste die Aussicht.

Als das Hemd alles Wichtige verhüllt hatte und der

Saum des viel zu großen Oberteils sich um meine Hüften herum in Falten legte, hielt er mir die Hand hin. „Darf ich bitten?"

Nun, in dieser kleinen Sargkammer bleiben wollte ich auf keinen Fall. Ich legte meine Hand in seine und stieg heraus, vom heilenden Bett auf den Boden hinunter.

KAPITEL 4

Meine nackten Füße hatten noch nie etwas so Glattes gefühlt, und es war—„Das ist ja warm."

„Ja, Gefährtin. Ich habe den Boden zu deinem Komfort beheizt."

„Du hast was?"

„Wenn es dir lieber ist, trage ich dich sehr gerne wieder."

„Wieder?"

„Als du verletzt warst, habe ich dich hierher getragen, auf mein Schiff." Seine Hand legte sich an die Wölbung in meinem Rücken, so tief, dass ich am liebsten meinen Körper an seinen gedrückt hätte, nur um zu sehen, was passiert. „Du bist sehr klein. Es ist keine Last, dich in meinen Armen zu tragen."

Lag da etwa Begehren in seiner Stimme? Ich? Klein?

War er high? Ich war in jeder Hinsicht überdurchschnittlich. Größe. Gewicht. Hinterteil und Körbchengröße. Und doch ragte er hoch über mich hinaus—mein Scheitel reichte nicht ganz bis an seine Schulter. Ich fühlte mich klein. Feminin. Ich glaubte es ihm gerne, wenn er sagte, dass er mich tragen konnte.

Verdammt, war das *scharf.*

„Nein danke. Ich kann laufen." Wohin laufen, das wusste ich aber nicht. Und warum nannte er mich immerzu seine Gefährtin? Ich hatte mich nicht zum Interstellaren Bräute-Programm gemeldet. „Zeigst du mir den Rest von deinem Raumschiff?"

Er ging voran. Ich hatte das gesamte Schiff innerhalb weniger Minuten besichtigt. Ein kleines Cockpit mit zwei Sitzen und kaum genug Platz, um sich herumzudrehen. Die Krankenstation, aus der wir gekommen waren, die in etwa so groß war wie der begehbare Schrank meiner Mutter. Er erklärte, dass die kleine S-Gen-Maschine im langgezogenen Zwischengang eine Auswahl verschiedener vorprogrammierter Speisen zubereiten konnte. Dann versprach er mir, sich so bald wie möglich ein größeres Schiff zuzulegen, mit einer ordentlichen S-Gen-Maschine.

Ich hatte keine Ahnung, wovon zum Geier er redete, also nickte ich.

Zwei Stühle und ein winziger Tisch konnte man aus der Wand in demselben schmalen Korridor herausziehen. Raus zum Essen, und wieder verstaut, wenn sie nicht gebraucht wurden. In seinem Schlafbereich befand sich ein langes Bett, das seine Körpergröße beherbergen konnte, aber auch eindeutig für eine Person gemacht war, nicht zwei.

Wirst du wohl still sein, Notgeilheit. Ein Blick auf seine Brust, und du kannst an nichts anderes mehr denken als ihn zu reit...

„Ruff!" Lilah kroch unter dem Bett hervor und kam auf mich zu.

„Lilah!" Ich kraulte sie hinter den Ohren und im Nacken, umarmte sie und rieb ihr den Bauch, wie sie es gerne hatte.

Sie winselte, und ich zog mich zurück. „Oh nein! Tut mir leid, Süße. Bist du verletzt?"

Lilah drückte zum Trost ihre Nase in meine Hand, und ich untersuchte sie. Eine große Stelle an ihrer Seite war rosige Haut, ohne Haare. Sie sah frisch aus. Und schmerzhaft.

„Was ist passiert?"

„Nachdem du versucht hast, dich umzubringen, indem du dich vor einen Ionen-Schuss geworfen hast, hat dein Haustier den Mann angegriffen, der dich verletzt hat, und wurde dabei selbst angeschossen."

„Was?" Ich blickte hinunter auf mein rehäugiges Hundert-Kilo-Baby. „Du würdest doch keiner Fliege was zuleide tun, nicht wahr, mein Mädchen?"

Lilah wedelte mit dem Schwanz und starrte mich mit all der Liebe in ihrem großen Herzen an.

„Sie ging ihm an die Gurgel, Gefährtin."

Ich schluckte. Lilah? Auf keinen Fall.

„Sie hat einen starken Beschützerinstinkt dir gegenüber. Das finde ich gut." Er beugte sich hinunter und tätschelte Lilah im Nacken. Sie ließ es zu, war sichtlich mit seiner Berührung vertraut. Ich sah zu, wie seine große Hand über ihr weiches Fell strich, und biss die

Zähne zusammen. Zum ersten Mal in meinem Leben war ich eifersüchtig auf einen Hund.

Was war noch alles passiert, während ich in der Kapsel war?

„Keine Sorge. Ich habe seinem Leben ein Ende gesetzt. Der andere Mann ist entkommen, aber du lagst im Sterben. Ich musste mich erst um dich kümmern. Ich habe dich hierher getragen und dich in die ReGen-Kapsel gelegt. Lilah musste sich mit dem ReGen-Stab zufriedengeben." Er blickte zu Lilah, ein schiefes Grinsen auf dem Gesicht. Ich wusste, was das bedeutete: mein Mädchen hatte bereits ihren entzückenden Zauber auf ihn gewirkt. „Nicht wahr, meine Große?"

Ihr Schwanz wedelte, aber ich konnte sehen, dass sie müde war. Ich nutzte die vertrauten Kommandos, die wir geübt hatten, und flüsterte ihr in ihr weiches Schlappohr: „Platz, Lilah. Ab in dein Bett. Ich bin gleich wieder da."

Sie drehte sich herum und kuschelte sich wieder in die Nische zwischen dem kleinen Bett und dem Boden, ihre neue Höhle. Sie hatte zu Hause einen Hundekäfig, den sie liebte. Es war ihr Rückzugsort, dunkel und gemütlich und abgeschottet. Ich achtete darauf, sie in Ruhe zu lassen, wenn sie sich in ihren Käfig zurückzog. Es war ihre Art, auszudrücken, dass sie ein wenig Zeit für sich brauchte, und das verstand ich absolut.

Als ich Lilah leise schnarchen hörte, wusste ich, dass wir unsere Besichtigung ruhig fortsetzen konnten.

„Das hier ist der Sicherungstrakt." Er öffnete die Tür zu einem Raum mit vier Zellen, jede gerade mal groß genug für einen, vielleicht zwei Personen. Aber wenn die so groß waren wie er? Eine. Definitiv.

„Sicherung? Für mich sieht das aus wie ein Gefängnis."

„Ich bin ein Elite-Jäger. Ich spüre Verbrecher auf und eliminiere Bedrohungen für die Koalition. Meine Befehle erfordern es gelegentlich, dass ich die Zielsubjekte lebend zurückbringe."

Ein Elite-Jäger? Du lieber Himmel. Als meine Freundin Katie sich gemeldet hatte, hatte ich die Broschüren gelesen. Ich wusste über die unterschiedlichen Alien-Arten Bescheid. „Du stammst von Everis?" Erst jetzt registrierte ich, dass er ja gesagt hatte, er spreche everianisch, als ich vorhin aus der Kapsel gekommen war. Mein Gehirn war wohl noch nicht ganz wach, im Gegensatz zu meinem äußerst angeregten Körper.

„Ja. Du weißt von meinem Planeten?" Er sah eindeutig erfreut aus, und bei seinem Lächeln regten sich in mir gefährliche Gedanken. Eine Vision von seiner nackten Brust blitzte mir durch den Kopf.

Schon wieder.

Wie sie es alle fünf Sekunden tat.

„Ich habe darüber gelesen." Warum fühlte sich mein Inneres so warm und wohlig an, nur, weil ich ihm Freude bereitet hatte? Ich machte mein eigenes Ding, ging meinen eigenen Weg im Leben, mit meinem eigenen Geld und allem Drum und Dran. Ich machte mir keine Umstände, nur um einem Mann zu gefallen—egal wie sehr ich an seiner Brust knabbern wollte.

Himmel hilf, ich verlor den Verstand.

Er schloss die Tür zum Gefangenentrakt und lehnte sich mir entgegen, bis mein Rücken an die Wand des

Korridors gepresst war. „Du weißt über Everis Bescheid. Dann weißt du auch darüber Bescheid?"

Seine Finger strichen sanft meinen Oberarm hinunter, an meinem Ellbogen vorbei, bis hinunter an mein Handgelenk. Er legte seine Finger um meine viel kleinere Hand und hob sie hoch, bis meine Handfläche zwischen uns beiden hochgestreckt war. Da war mein Muttermal, das irritiert und gerötet aussah von all dem Kratzen und Reiben, dem ich es ausgesetzt hatte. Warum hatte sich die Heilkapsel nicht auch darum gekümmert?

„Mein Muttermal?"

„Ja."

„Was ist damit? Das habe ich schon ewig."

Er ließ meine Hand nicht los, hob seine andere Hand und hielt sie so hin, dass sie meine spiegelte. Ich keuchte auf, als ich das identische Mal auf seiner Handfläche sah. „Was? Wie ist das möglich?"

Er lehnte sich mir noch weiter entgegen, lehnte sanft seine Stirn an meine. Unser Atem vermischte sich. Seine Hitze, sein Duft, umhüllten mich. So scharf. Es war völlig verrückt. Ich wollte ihn. Ich kannte ihn nicht. Überhaupt nicht.

Meinem Körper war das egal.

Mein Muttermal pochte, brannte, als würde es durch seine Nähe überhitzen. Diese kleinen Flammenstöße fuhren mir direkt in die Mitte, bis ich meine Schenkel überkreuzte und sie zusammenpresste, um mir ein wenig Erleichterung zu verschaffen. Mit zittrigem Atem sah ich staunend zu, wie die beiden Male scheinbar dunkler wurden und im Gleichklang miteinander pulsierten.

„Was?" Ich hob mein Gesicht seinem entgegen. Das war ein Fehler. Seine Lippen waren *genau da*.

„Diese Male sind allen Everianern heilig. Ich weiß nicht, wie das möglich ist, aber du gehörst mir und ich gehöre dir, Rebecca. Wir sind geprägte Gefährten. Diese Male beweisen das."

„Unsinn." Ich flüsterte das Wort, aber es lag kein Gift darin. Wie konnte es das, wenn ich meinen Blick nicht von seinen Lippen reißen konnte?

„Ich will dich berühren." Stark bewegte sich so, dass seine Wange an meine gepresst war, seine Stimme ein hitziges Flüstern an meinem Ohr. „Ich will dich schmecken." Seine Hand wanderte an die Außenseite meines Schenkels und bewegte sich langsam nach oben, schob dabei mein Hemd mit hoch.

Mein gesamtes Wesen schauderte vor purer, roher Lust. Ein kurz aufblitzender klarer Gedanke erinnerte mich daran, wie dankbar ich über meine Verhütungs-Spirale war. Ich konnte mir von ihm nehmen, was ich wollte, ohne mir darüber Gedanken machen zu müssen, ob—

„Ich will dich ficken, Rebecca. Meinen Schwanz tief in dir versenken. Deine Lustschreie mit meinem Kuss ersticken." Starks heiße Handfläche schob sich unter mein Hemd und strich über die Wölbung meines Hinterteils. Meine Knie gaben beinahe nach.

„Ich werde dich wieder und wieder zum Kommen bringen. Ich werde dich ficken und ich werde nicht aufhören, bis du darum bettelst."

Als wäre das Wort eine Art Signal, hielt Stark plötzlich inne. Er war reglos wie eine warme Decke, neckte mich mit seinem maskulinen Duft und der heißen Berührung seiner Hand auf meinem Hinterteil.

Er wartete auf meine Entscheidung. Ja oder Nein.

Nehmen, was er mir anbot, oder einer solchen Intimität ausweichen für ein andermal. An einem anderen Tag.

Wem wollte ich etwas vormachen? In einem anderen *Leben*.

Ich hatte noch nie so empfunden wie jetzt. Nicht für die ungelenken Burschen, die in der High School ‚mein Freund' gewesen waren. Nicht für die etwas weniger ungelenken Männer, mit denen ich seither zusammengekommen war. Und die Weiberhelden mit ihren aalglatten Sprüchen? Keine Chance. Solche Narren erkannte ich schon von Weitem. One-Night-Stands waren nicht mein Stil. Zumindest bisher nicht. Aber das war, bevor ich geglaubt hatte, ich würde sterben. Bevor ich von Aliens angeschossen worden war. Bevor ich *ihm* begegnet war.

Ich hatte nicht die Angewohnheit, mich selbst zu belügen, und ich würde damit auch jetzt nicht anfangen. Ich wollte ihn. Ich wollte *alles*, was er genannt hatte. Das Küssen und das Ficken und das Betteln. Ich wollte ihn überall anfassen. Seine Haut schmecken. Ihn so ziemlich alles mit mir anstellen lassen, was er wollte, denn das Schnurren in seiner Stimme versprach, dass er gut darin sein würde. *Wirklich gut.* Und ich glaubte ihm.

„Rebecca?" Mein Name war ein verführerisches Wispern an meinem Ohr.

„Ja. Zu allem." Ich drehte den Kopf herum und eroberte seine Lippen mit einem Kuss, der einen Schauer durch ihn jagte. Das war mein Schauer. Ich hatte ihn ausgelöst, in dem schärfsten Mannsbild, das ich je gesehen hatte. *Ich.*

Als unsere Lippen ineinander verschmolzen, fühlte es sich an, als wären wir in einem Rennen ohne Ziellinie. Das Einzige, was ich tun wollte, war weiterfahren. Unsere Zungen duellierten sich und schlangen sich um einander. Er hob mich hoch und trug mich den schmalen Korridor entlang, während ich meine Beine um seine Hüften herum überkreuzte. Sein Schwanz rieb an meiner feuchten Hitze, während er sich so bewegte; eine süße Folter, die mich stöhnen ließ.

Seinen Worten getreu verschlang er meine Laute mit seinen Küssen.

Er hielt vor der Tür zu seinem Schlafraum, aber ich schüttelte den Kopf. „Nein. Lilah ist da drin. Sie wird zusehen. Oder sich zwischen uns schieben wollen."

Er lachte leise, aber ging weiter in den Speisebereich und drückte an den Schaltern, die den kleinen Tisch aus seinem Versteck in der Wand holten.

„Was machst du da?" Auf dem Pseudo-Esstisch? Ernsthaft?

Er legte mich auf meinen Rücken, schob mir das Hemd, das ich trug, bis zum Hals hoch, und dann ließ er sich zwischen meinen Beinen auf die Knie fallen. Er hob meine Oberschenkel über seine Schultern. Sein dunkler Blick loderte mir entgegen. „Ich habe Hunger."

Stark senkte den Kopf und blickte mir weiter in die Augen, während er seine Lippen an meine Mitte legte. Seine Zunge tief in mich bohrte. Meinen Kitzler in seinen Mund saugte. Mit ihm spielte, mit mir. Zwei Finger glitten tief in mich, während er mich mit seinem Mund bearbeitete.

Ich fasste nach ihm, nach seiner Schulter. Seinem Haar. Alles, was ich fassen konnte, um mich in der Realität zu verankern. Unsere Handflächen berührten einander.

Etwas brannte. Flammte auf. Starb ich gerade? Wurde ich verrückt? Nichts konnte sich so anfühlen.

Mein Atem stockte, die Luft in meiner Kehle gefangen, während der Geschmack meiner Pussy in meinem Verstand explodierte. Ich teilte seine primitive Gier, mich zu schmecken, meine Lustschreie zu hören. Ich verspürte auf direktem Weg das schmerzliche Sehnen dieser Begierden. In seinem Herzen. In seiner Brust. In seinem Schwanz. Sein Fokus war absolut. Vollkommen. Es gab nichts in seiner Welt außer mir. Meinem Körper. Meiner Lust.

Gefährtin.

Noch nie war ich so schön gewesen, so perfekt, wie ich ihm erschien. Meine dunkle Haut hatte einen gesunden Glanz, eine verführerische Weichheit. Meine schweren Brüste riefen ihm zu, zu saugen, spielen, erobern. Der Geschmack meines Kusses vermischte sich mit meiner Mitte zu einem perfekten Liebestrank. Er war süchtig. Konnte nicht genug bekommen. Würde *niemals* genug bekommen.

Die Überreizung mit Empfindungen—seinen und meinen—trieb mich in den Orgasmus. Seine Zunge bearbeitete meinen Kitzler, während meine Innenmuskeln zuckten. Doch es gab keine Erlösung, kein Herunterkommen. Er trieb mich in einen weiteren. Mein Rücken drückte sich vom Tisch ab. Ein schockierter Schrei entfuhr meiner Kehle.

Er stand auf und befreite seinen Schwanz aus seiner schwarzen Hose. Ich hatte das kaum bemerkt, als ich nach ihm griff. Darum bettelte, dass er mich füllte. Mich nahm. Mich zu seinem Eigentum machte.

Ich drückte meine Füße gegen seine Hüften, um ihn anzutreiben, schneller zu machen. Tiefer. Härter.

Er verweigerte sich mir. Seine runde Spitze war kaum spürbar. In mir, aber noch nicht *in* mir.

„Stark." Sein Name war ein Wimmern.

Plötzlich war er da, in meinen Gedanken, wie ich in seinen gewesen war, als er scharf zustieß, mich füllte, bis es beinahe weh tat. Er war riesig. Hart. Fühlte sich so gut an. Gott, so gut.

„Gib mir deine Hand." Es war nicht weniger als ein Kommando. Ich kam nicht einmal auf den Gedanken, es ihm zu verweigern. Er presste meinen Handrücken auf den Tisch und bedeckte meine Handfläche mit seiner. Unsere Male berührten sich. Flammten auf. Wurden noch einmal heiß. Seine Finger verschränkten sich mit meinen, und wir hielten uns aneinander fest, während er sich schneller und schneller bewegte, in mich pumpte wie eine Maschine.

Mein Orgasmus rauschte aus dem Nichts heraus durch mich hindurch. Ohne Warnung. Ohne Anwachsen. Er war einfach da, ließ mich in seinen Armen in Stücke fallen, tausend winzige Fragmente, unsere verschränkten Finger das Einzige, das mich noch zusammenhielt.

Diesmal folgte er mir, und sein Schwanz bäumte sich in meiner geschwollenen Mitte auf und füllte mich mit seinem Samen. Und dann war es vorbei. Während sein Schwanz immer noch in mir war, beugte er sich herunter und bedeckte meine Lippen mit einer Reihe von Küssen, die so sanft waren, so zärtlich, dass mir Tränen in die Augen traten. Ein starker, rhythmischer Puls floss durch unsere Muttermale, aber sanfter, ruhiger, als wären auch sie vorübergehend besänftigt.

Ein schmerzvolles Sehnen erwachte in meiner Brust, eine lang ignorierte Wunde, die nun aufgerissen worden war und blutete. Entblößt. Verletzlich.

Wie Stark mich berührte, wie er mich küsste, wie seine Hände über meinen Körper strichen—als wäre ich kostbar und perfekt? Das tat weh. Höllisch weh, denn mir wurde klar, dass mich nie zuvor jemand wirklich geliebt hatte. Nicht so. Geprägte Gefährten. Eine Seltenheit. Dafür bestimmt, zusammen zu sein. Perfekt füreinander.

Ich hatte gedacht, er hätte Unfug gefaselt. Ich hatte mich geirrt. So stark geirrt.

Schlimmer noch, er war ein Alien. Ich hatte einen Hund und ein neues Haus, das auf mich wartete. Ein neues Leben. Neue Stadt. Uni-Kurse. Eine Zukunft, für die ich hart gekämpft hatte.

Wie war es möglich, dass ich nach nur wenigen Stunden gar nicht dableiben *wollte*, oder den Umzug, oder das Studium...ohne *ihn*. Verrückt. Das Ganze war völlig durchgeknallt. Ich *kannte ihn* nicht einmal.

Ein lautes, verzweifeltes Jaulen erfüllte das Schiff. *Lilah.*

Sie jaulte erneut, und es klang, als würde sie gerade an Einsamkeit sterben. Sie wusste, dass ich diesen verlorenen, verzweifelten Klängen nicht widerstehen konnte.

Dieser Hund war zu klug für sein eigenes Wohl.

Ihr drittes Jaulen würde eine unvorbereitete Menschenseele glauben lassen, sie würde gerade gefoltert. Ich lachte laut auf, und die Bewegung erinnerte mich daran, was Stark und ich gerade gemacht hatten, und dass er immer noch tief in mir war.

Sein Blick traf meinen, und er grinste. „Ich gehe davon aus, dass du diese Kreatur liebst und nicht in Erwägung ziehen würdest, sie jemand anderem zu überlassen?"

„Ja. Ich liebe sie. Und nein, ich gebe sie niemals her."

Mit plötzlichem Ernst beugte er sich noch einmal herunter und gab mir einen letzten Kuss. „Wie hat sie das erreicht?"

„Sie hat mich zuerst geliebt. Hunde sind nicht wie Leute. Sie lügen nicht, tragen nichts nach. Sie lieben dich einfach."

Er presste seine Wange an meine, seine Lippen streiften mein Ohr, sein Schwanz war immer noch tief in mir versenkt, als würde er nie wieder fort wollen. „Ich kann dich auch so lieben. Wenn du mich lässt."

Ich wusste nicht, was ich darauf denken oder sagen sollte. Die ganze Sache überstieg mein Fassungsvermögen. Bei weitem.

Er trat zurück, trennte unsere Körper, und ich unterdrückte ein Stöhnen. Ich wollte nicht, dass es vorbei war. Noch nicht.

Eine sanfte Hand hob mein Fußgelenk an, und er verzog den Mund. „Ich hätte dich zuerst versorgen sollen."

„Was?"

„Das Blut, Gefährtin. Mir missfällt der Anblick auf deiner perfekten Haut."

Bevor ich widersprechen konnte, war er verschwunden. Ein paar Augenblicke später kam er mit einem warmen Tuch zurück und hielt mein Fußgelenk fest, während er das getrocknete Blut mit sanften Strichen wegwischte. Mit einem zweiten Tuch wischte er seinen Samen von meinen Schenkeln. Ich war dankbar für seine Aufmerksamkeit. Ich hatte keine Kleidung hier, und ich hatte keine Ahnung, wo der Waschraum war.

Moment.

„Wo ist der Waschraum?"

„Wenn du dich säubern möchtest, ich habe eine Reinigungskapsel."

„Kapseln. Was habt ihr nur mit all diesen Kapseln?"

„Auf einem Raumschiff ist eben nicht viel Platz." Seine dunklen Augen waren voller Humor, und plötzlich wollte ich nichts lieber, als ihn lachen zu sehen. Den Kopf im Nacken, aus dem Bauch heraus, tiefes, schallendes Gelächter.

Ich wollte es wirklich nicht so direkt aussprechen, aber es schien nicht anders zu gehen. „Nein, ich meine, wo ist die Toilette?"

„Es wird keine benötigt. Wir haben den Bedarf an solchen Unsauberkeiten vor Jahrhunderten eliminiert."

„Was?"

Sein Lächeln war pure Sünde, als eine seiner Hände meinen Schenkel hoch wanderte. „Wenn du Erleichterung suchst, Gefährtin, ich biete sie dir gerne."

Oh mein Gott, er war furchtbar. Und ich liebte es. „Ich gehe üblicherweise auf die Toilette, nachdem ich...du weißt schon."

Er wurde ernst. „Verspürst du den Drang? Das sollte nicht passieren." Er half mir vom Tisch und nahm mich in seine Arme. Ich schmiegte mich an seine Brust, als hätte er mich schon tausend Mal so umarmt. „Ich bringe dich sofort zurück auf meine Krankenstation und lasse die Scans laufen."

„Was?" Verwirrt hielt ich einen Moment lang inne und spürte in meinen Körper hinein. Ich verspürte...gar nichts.

„Die Transporter-Technologie der Koalition entleert automatisch unsere biologischen Abfälle und führt sie der Wiederverwertung zu. Ich habe die ReGen-Kapsel darauf programmiert, dafür zu sorgen, dass du die ordnungsgemäßen Mikro-Implantate für eine Weltraumreise erhältst."

„Was?"

„Wenn du den Drang verspürst, deinen Körper von Abfällen zu entleeren, dann funktionieren die Implantate nicht ordnungsgemäß."

„Was!" Meine verwirrte Stimme war halb gedämpft von seiner harten, heißen, breiten Brust.

Stark lockerte seinen Halt und legte mir seine Hände auf die Schultern, sodass er mir direkt in die Augen blicken konnte. „Du sagst dieses Wort oft, Gefährtin. Ich bin mir nicht sicher, ob du weißt, was es bedeutet."

Ich legte ihm eine Hand flach auf die Brust, knirschte mit den Zähnen, um mich davon abzuhalten, ihn zu streicheln, und sprach durch zusammengebissene Zähne hindurch. „Stark?"

„Ja, Liebste?"

Tief durchatmen. Das hier war verrückt. Alles daran. „Willst du mir sagen, ich habe irgendeine Art mikroskopische Alien-Technologie in meinem Körper, die magisch alle natürlichen Abfälle meines Körpers davonbeamt und in irgendeine Alien-Wiederverwertungsanlage schickt?"

Das klang einfach nur...*eklig.* Wer will schon Recycling-Kacke?

Andererseits erschien mir als Frau, die wesentlich öfter ihre Blase entleeren musste, als ihr lieb war, die Vorstellung, nicht pinkeln gehen zu müssen, ein wenig *zu* attraktiv.

„Ganz genau. Hast du Hunger?"

„Kannst du nicht magisch Essen in meinen Magen beamen?"

Er lächelte. „Die Technologie dafür gibt es, aber die meisten bevorzugen es, dem Schmecken ihrer Speisen und Getränke zu frönen."

„Das war als Witz gedacht."

„Da es nicht im Geringsten amüsant war, muss ich davon ausgehen, dass meine NPU fehlerhaft arbeitet und ich die Verwendung dieses Wortes nicht korrekt verstehe."

Mein Mund stand offen. „Echt jetzt?" *Alien. Alien. Alien.* Wie konnte er so sexy und unwiderstehlich sein, und doch so...eigenartig?

Ach ja. Er war ein verfluchtes Alien.

Als Antwort auf meine Frage nahm er eine meiner Hände und legte sie auf die Stelle, wo ich sein Herz vermutete. Wenn er menschlich war. Oder menschen-ähnlich? „Ich bin sehr echt. Und ich gehöre dir."

Als ich ihn berührte, trafen sich unsere Blicke. Mein Hirn setzte aus. Ich wollte nichts anderes, als wieder mit ihm zu verschmelzen. Ihn küssen. Ihn berühren. Ihn anflehen, mich wieder auf diesen Tisch zu legen, meine Beine weit zu spreizen und—

Ein verlorenes Jaulen erfüllte das Schiff und brach den Bann.

„Du bist tödlich", wisperte ich. Absolute Wahrheit.

„Sehr sogar. Ich jage. Manchmal—um unser Volk zu schützen—bin ich gezwungen, zu töten." Sein Blick wurde düster, und ich spürte etwas wie Furcht durch unsere seltsame Verbindung blitzen. Er drückte meine Hand, presste sie noch stärker an seine Brust. „Um dich zu beschützen, Gefährtin, würde ich Welten zerstören."

Was zum Geier sollte ich auf *so etwas* antworten? Meine übliche Herangehensweise an angespannte Situationen war es, Witze zu reißen. Aber wenn ein Alien damit drohte, Planeten zu sprengen, fühlte es sich nicht sehr passend an, den Witzbold zu spielen. Es war ihm erst. Seine Ernsthaftigkeit pochte in meinem Blut, im Rhythmus mit dem Pochen der Male auf unseren Händen.

„Wie wäre es, wenn du erst die Jagd auf deinen Schurken zu Ende bringst und die Planetenzerstörung auf ein Andermal verschiebst?" Ich hob meine freie Hand an seinen Nacken und strich mit den Fingern durch sein dunkles Haar. Meine Berührung schien zu helfen. Er senkte den Kopf, bis seine Stirn an meiner lehnte—eine Pose, auf die ich schön langsam süchtig wurde.

„Erst muss ich mich um dich kümmern. Hast du Hunger?"

Ein weiteres langgezogenes Jaulen erfüllte die Luft.

Ich lächelte. „Ein bisschen. Aber ich glaube, Lilah auf jeden Fall. Ich habe sie heute Morgen gefüttert, aber sie lässt nicht gerne eine Mahlzeit aus. Und ich weiß nicht, wann sie zuletzt draußen war." Ich ging die paar Schritte zu Starks Schlafraum und öffnete die Tür. Lilah kam herausgesprungen und prallte gegen meine Beine wie ein Rammbock, was mich fast umwarf. Mein großer Tollpatsch. Ich beugte mich hinunter und legte meine Arme um sie, bis sie sich beruhigt hatte. Erst mal musste sie kurz raus, um sich zu erleichtern. Außer, sie hatte ebenfalls diese seltsame Technologie in sich? Aber Futter. Mein armes Mädchen brauchte Futter und Wasser, und es gefiel ihr *gar* nicht, Mahlzeiten auszulassen.

„Dein Haustier ist versorgt worden. Ich gebe dir mein Wort."

Ich lächelte meinem großen Weltraum-Lover ein Danke entgegen und stand auf. Mit eineinhalb Schritten hatte ich die Steuerkonsole neben der Tür erreicht, die er mir als praktisch die Eingangstür zu seinem Schiff vorgestellt hatte.

„Nicht!"

Stark griff nach mir, doch es war zu spät. Die Tür glitt auf und ich stand fassungslos da.

Schwärze.

Stecknadelgroße Lichtpunkte.

Und...Leere.

Nein. Das durfte nicht sein. Es musste meine Phantasie sein. Ich war in einem Traum. Das musste es sein. Ein Traum.

Lilah kam zu mir und setzte sich neben mich hin, wie sie es tausende Male zuvor getan hatte. Sie winselte, und ihr großer Kopf stupste mich an, um meine Aufmerksamkeit auf sich zu ziehen. Das fühlte sich echt an. Zu echt.

Nein, nein, nein, nein, nein.

KAPITEL 5

ICH HÄTTE es ihr sagen sollen, sobald sie aufgewacht war. Aber sie war bereits panisch gewesen, hatte die ReGen-Kapsel zerstört und sich am Bein verletzt.

Dann hatte ich sie berührt. Die Götter mögen mir beistehen, ich hatte nicht widerstehen können, sie zu nehmen. Sie in Besitz zu nehmen. Dafür zu sorgen, dass sie unserer Verbindung niemals entkommen konnte, selbst nachdem sie die Wahrheit erfahren hatte. Ich war ein Elite-Jäger. Ich hatte eine Pflicht meinem Volk gegenüber, und noch mehrere Jahre in meinem Dienstvertrag übrig. Ich hatte eine Pflicht der Koalition gegenüber, den Milliarden, die wir beschützten, auf hunderten Mitgliedsplaneten. Ich konnte nicht bei ihr auf der Erde bleiben. Und ich konnte nicht ohne sie leben. Alleine sein. Nicht jetzt, wo ich wusste, dass es sie gab.

Sie würde ihr Zuhause verlassen müssen, ihre Welt und alle, die sie liebte, um bei mir zu sein. Ich war ein Feigling gewesen, solche Angst hatte ich davor gehabt, wie sie wohl entscheiden würde.

„Sind wir...sind wir im Weltraum?" Rebecca drehte sich zu mir herum, ihre Augen groß vor Schock. Lilah stupste sie an, bot ihr Trost. Meine Gefährtin reagierte nicht auf ihr geliebtes Haustier. Das alleine verriet mir, dass ich einen Fehler gemacht hatte.

Einen verdammen Riesenfehler.

„Rebecca, lass mich erklären."

„Du hast mich ins Weltall verschleppt?" Sie ballte die Hände zu Fäusten an ihrer Seite und starrte in den Anblick hinaus, der mir nur allzu vertraut war. Schwärzeste Nacht, gespickt mit Sternen. Planeten, die viele Lichtjahre entfernt funkelten. Leere. Einsamkeit. Kaltes, schwarzes Nichts.

„Du hast mich in dein kleines Raumschiff getragen, mich in eine Kapsel gesteckt und mich dann ins gottverdammte Weltall hinaus verschleppt?" Ihre Stimme wurde mit jedem Wort lauter und höher.

„Die Verbrecher aus der Legion Sirena halten sich weiterhin auf der Erde auf. Ich konnte dich nicht beschützen und sie gleichzeitig jagen. Ich bringe dich nach Hause. Sobald du in Sicherheit bist, werde ich meine Jagd fortsetzen."

„Was?"

„Da ist dieses Wort schon wieder." Ich musste wirklich mit den NPU-Technikern reden, wenn ich wieder auf Everis war.

„Du bringst mich nach Hause?" Sie deutete aus dem Schiff hinaus, durch das Energieschild hindurch, das uns schützte. „Sieht das für dich etwa wie *zuhause* aus?"

Das tat es. Ich hatte schon Jahre damit verbracht, hier draußen zu jagen. Aufzuspüren. Zu töten. Ich hatte mich nie richtig alleine gefühlt, bis ich ihr begegnete. Nun ließ diese Leere die Weiten außerhalb des Schiffes klein erscheinen. In meinem Bauch bildete sich ein Loch, wurde immer größer, wand und krallte sich in meine Eingeweide, bis ich um Atem rang.

Ich starrte auf ihre langen Beine, ihre Oberschenkel, die von meinem Hemd kaum verborgen wurden. Ich liebte diesen Anblick, wie sie sonst nichts trug, in meinen Duft gehüllt, ihr Haar völlig verworren von ihrer wilden Leidenschaft. Ihre Brüste waren voll und rund und verlockten mich, das Kleidungsstück hochzuheben, vor ihr zu knien und sie in den Mund zu nehmen. Ihre Leidenschaft anzufachen, sodass diese Unterhaltung vergessen sein konnte, und von vorne anfangen.

„Also?" Sie hatte die Hände in die Hüften gestemmt, und ihre Lippen waren zu einem seltsam niedlichen Schmollmund geformt. „Was hast du dir dabei gedacht?"

Ich hatte nur eine Antwort. „*Du* bist nun mein Zuhause. Ich kann dich nicht verlieren, und ich konnte dich auf der Erde nicht beschützen—nicht so, wie ich es sollte."

„Also wohin bringst du mich?"

„Nach Hause, nach Everis."

„Ach ja." Sie starrte noch ein paar Augenblicke ins weite All hinaus, dann hob sie ihre Hand an den Sensor, der die Tür schloss. „Du, Elite-Jäger Stark, wirst mich nun nach Hause bringen. Auf die Erde. Zu meinem Haus. Jetzt sofort."

„Ich habe dir doch schon erklärt. Ich kann dich dort nicht beschützen."

Sie drehte sich zu mir herum, Hände immer noch an den Hüften. Sie legte den Kopf schief und funkelte mich durch ihre dunklen Locken hindurch an. „Und ich kann meine Kids von hier oben nicht beschützen."

„Kids? Du hast Kinder? Einen Gefährten?" Ein Schmerz wie ein Dolch fuhr mir durch die Brust, doch ich hielt mein Gesicht ruhig, ausdruckslos.

„Ach so. Nein." Sie schüttelte den Kopf, und mein Herz fing wieder zu schlagen an. „Ich kümmere mich um die Kinder in der Nachbarschaft, unten im Jugendzentrum. Zumindest tat ich das. Gestern war mein letzter Tag."

„Gestern?"

„Ja. Vor dem ganzen Vorfall mit den Aliens, die mich beinahe töteten?"

Das Blut in meinen Adern gerann zu einem bangen Kriechen. Ich trat nahe genug an sie heran, um sie zu berühren, doch ich nahm sie nicht in die Arme, wie ich es gerne getan hätte. „Gefährtin, deine Verletzungen waren schwer. Du warst mehr als einen Tag lang in der ReGen-Kapsel."

„Wie lange?" Sie schlang ihre Arme um sich selbst, als bräuchte sie jemanden, der sie hielt. Ich griff nach ihr, doch sie trat zur Seite und Lilah knurrte eine Warnung.

Beschützerisches Biest. Ich fand ihr Verhalten nun gar nicht mehr gut. Das Haustier meiner Gefährtin würde lernen müssen, dass ich niemals eine Gefahr—

„Stark. Wie. Lange?"

Ich hörte auf, ihr Tier anzufunkeln und blickte meiner Gefährtin in die Augen. Sie hatte die Wahrheit verdient. „Fünf Tage sind auf der Erde vergangen, seit du verwundet wurdest." Fünf Tage der Hölle, während ich wartete; besorgt, dass meine Gefährtin sterben würde, aus meinem Leben verschwinden, noch bevor ich Gelegenheit hatte, sie zu kennen. Ich konnte nicht jagen und sie ungeschützt auf meinem Schiff zurücklassen. Und eine noch größere Schwäche, der ich mich nun stellen musste? Ich *wollte* nicht von ihrer Seite weichen, nicht einmal für die Jagd.

„Fünf Tage?" Rebecca fing an, händeringend im schmalen Korridor auf und ab zu laufen, und murmelte vor sich hin. „Das kann nicht stimmen. Fünf Tage? Scheiße. Ich muss die Polizei anrufen." Sie blieb stehen und sah mich an. „Hast du hier auf diesem Ding ein Telefon?"

„Falls du ein Kommunikationsgerät meinst, das in der Lage ist, Menschen über eure primitive Technologie zu erreichen, dann ja. Allerdings war ich nicht auf der Erde, um mit Menschen zu sprechen. Ich wurde auf die Jagd dorthin geschickt."

„Nun, ich muss die Polizei benachrichtigen und diese Kerle anzeigen. Die sind immer noch da draußen und verkaufen meinen Kids diese schreckliche Droge." Sie blickte im Korridor auf und ab, als könnte etwas Neues in dem kargen Raum erscheinen. „Wo ist meine Tasche? Ich brauche mein Handy." Sie blickte zu mir hoch. „Kann ich hier mein Handy benutzen? Funktioniert es mit dem...was auch immer...auf deinem Schiff?"

„Nein. Und ich kann nicht zulassen, dass du die Menschen in die Sache verwickelst. Sie haben dem nichts entgegenzusetzen, dem sie sich stellen müssten. Jeder

Mensch, den du den Verantwortlichen hinterherschickst,
wird sterben."

„Fünf Tage." Sie hielt sich die Hände vors Gesicht.
„Oh Gott. Die Umzugsleute. Ich hätte sie doch treffen
sollen."

„Umzugsleute?"

„Mein ganzes Zeug. Der Vermieter hat mir gesagt,
dass die neuen Mieter schon bereitstünden. Scheiße.
Was, wenn die mein ganzes Zeug einfach genommen
haben? Wohin würden sie es bringen? Zu irgendeinem
Auktionshaus?"

„Wir werden es zurückholen." Niemand würde
meiner Gefährtin irgendetwas stehlen.

„Der Safe! Stark. Scheiße. Der Safe! Dort liegt das
Alien-Ding drin."

„Was für ein Ding?" Jeder Instinkt, den ich hatte, war
plötzlich in höchster Alarmbereitschaft.

„Ich weiß es nicht. Andreas sagte, er hat es von ihnen
gestohlen. Ich wusste nicht, was ich damit machen sollte,
also habe ich es im Zentrum eingeschlossen." Sie lief
wieder an mir vorbei, ihre Schritte inzwischen schneller.
Diesmal packte ich sie am Oberarm, als sie sich herum-
drehte, und zog sie an mich.

„Rebecca?"

„Was machen wir, wenn sie zum Zentrum kommen,
um es sich zurückzuholen? Was, wenn sie einbrechen?
Oder den Kids etwas tun? Ich weiß nicht einmal, was es
ist. Ich glaube nicht, dass Andreas es weiß. Er ist ein
neugieriger Junge. Deswegen hat er es wohl auch
gestohlen."

„Was hat er gestohlen?" Meine Schultern wurden

steif und ich hatte Mühe, meine Stimme sanft zu halten.

„Sag mir, was er von ihnen gestohlen hat."

„Wir müssen mit ihm reden. Er solle zuhause sein. Ich habe eine SMS bekommen. Sie haben ihn in jener Nacht nach Hause geschickt. Dort ist er doch bestimmt immer noch, oder? Er würde nicht so dämlich sein und versuchen, dorthin zurückzukehren, oder? Oder noch mehr von diesem dämlichen Quell nehmen?"

„Rebecca!" Ich setzte meine Kommando-Stimme ein, und meine Gefährtin schrak auf.

„Was?"

„Sieh mich an."

Langsam hob sie ihr Gesicht, und unsere Blicke trafen sich. „Wir müssen zurück. Jetzt gleich. Sofort."

Ihre dunklen braunen Augen waren tief genug, um darin zu ertrinken. Ihr weicher Körper presste sich an meinen, und mein Schwanz wurde wieder hart. Ich begehrte sie erneut. Ich würde sie immer begehren. Ich würde niemals genug bekommen von ihrem Geschmack, ihrem Geruch, ihrer Stimme. Sie war außerdem mutig und loyal, wie sie sich vor einen Ionen-Schuss geworfen hatte, um ihr Tier zu schützen. Wie sie ‚ihre Kids' beschützte mit einer Wildheit, die nur Mütter besaßen.

Was würde sie wohl für einen Gefährten zu opfern bereit sein, den sie liebte? Oder unsere Kinder?

Ich kannte die Antwort. Alles. Was bedeutete, dass ich sie nie wieder alleine lassen konnte. Sie würde nicht zögern, sich in Gefahr zu begeben, oder ihr Leben zu riskieren, um jemanden zu schützen, der ihr wichtig war. Das war inakzeptabel.

„Beschreibe den Gegenstand in deinem Safe für mich."

„Ich weiß nicht. Er hat eine seltsame Form, wie in dem *Superman*-Film, wo er das Schiff seines Vaters findet und das lange Ding in das Ding schiebt und es aktiviert das Hologramm." Sie brabbelte und versuchte, sich in Richtung der Pilotensteuerung davonzuziehen.

„Welche Sprache sprichst du gerade?" Sie ergab keinen Sinn. Vielleicht brauchte ich ein komplettes Update auf meine NPU.

„Englisch." Sie machte einen Schritt von mir weg. Diesmal ließ ich sie los. Sie fing wieder mit dem Auf-und-Ab-Laufen an, ihr Pfad diesmal kürzer. Sie fuhr sich wieder und wieder mit den Händen durchs Haar, als würde sie sich so selbst trösten können.

Es war hypnotisch, ihren Bewegungen zuzusehen. Verführerisch. Mich auf die Unterhaltung zu konzentrieren, verlangte Mühe. Sie hatte mich verhext. Wie sollte ich jagen, wenn das einzige denkende Organ in meinem Körper mein Schwanz war?

„Ich muss mir etwas anziehen. So kann ich nicht nach Hause." Schließlich bewegte sich ihr Tier, stellte sich gemächlich zwischen mich und mein Frauenwesen, mit offensichtlicher Warnung. Sie kraulte Lilah auf ihrem enormen Kopf, und sie beide verschwanden in meinem kleinen Schlafraum. Ich hörte das Schlagen von Türen, als meine Gefährtin die großteils leeren Stauraum-Fächer öffnete und schloss. „Hast du etwa keine Kleidung auf diesem Schiff?", rief sie.

Ich lehnte mich an den Türrahmen und sah zu, wie sie sich reckte, um die höher gelegenen Fächer zu erreichen. Nette Aussicht. Sehr nett sogar. „Keine, die dir passen würde."

„Stark! Hör auf, meine Brüste anzustarren, das hier ist ernst."

„Nein. Und ja."

„Was?"

„Nein, ich finde es äußerst genüsslich, dich anzusehen, Gefährtin. Ich werde nicht aufhören. Und ja, das hier ist ernst. Doch hast du mir noch nichts gesagt, was Sinn für mich ergeben hätte."

Sie warf sich die Arme über den Kopf und ächzte leise. „Männer! Ich schwöre, ihr seid alle gleich. Egal, von welchem Planeten."

Ich beschwor meine Elite-Jäger-Geschwindigkeit, bewegte mich an ihrem Tier vorbei und hielt sie in den Armen, bevor sie fertig gesprochen hatte. Das Quietschen, das ihrer Kehle entfuhr, trieb meine Raubtier-Instinkte an die Grenze. Ich hatte sie gefangen. Es war an der Zeit, meine Belohnung einzufordern.

Ich verstrickte eine Hand in ihrem Haar, legte ihren Kopf schief und eroberte ihren Mund. Schob meine Zunge tief in sie, machte nach, was ich mit ihrem Körper anstellen wollte, mit meinem Schwanz. Sie erstarrte in meinen Armen, und ein tiefer Schrei trat aus ihrer Kehle. Der Laut schmolz sofort zu einem Wimmern und sie schmiegte sich an mich, schlang ihre Arme um mich und erwiderte meinen Kuss.

Keine gute Idee, Stark.

Mein Körper widersprach.

Es waren schon fünf Tage vergangen. Was machten schon ein paar Minuten mehr aus, wenn mein Schwanz pochte, mein Herz sich sehnte und ich nicht denken konnte, wenn sie mich auf *diese* Art küsste.

Fordernd. Begierig. Verzweifelt.

Vielleicht war das auch ich selbst.

Ich unterbrach den Kuss und hob sie so, dass sie auf Händen und Knien auf meinem Bett war, ihr Haar wie ein Wasserfall über ihrem Rücken, ihr rundes Hinterteil perfekt zur Schau gestellt. Und ihre feucht glitzernde, pinke Mitte brach meine Willenskraft.

Ich hatte sie mit einem tiefen Stoß gefüllt. Ihr leiser Schrei trieb mich weiter. Schneller. Härter. Ich wollte so zutiefst ein Teil von ihr sein, dass sie niemals zweifeln würde, niemals fürchten, mich zu verlieren, niemals einen anderen begehren.

„Stark, wir können nicht..."

„Wir können." Ich hatte keine Wahl. Ich schob mein Hemd bis zu ihren Schultern hoch, damit ich ihre Haut streicheln konnte. Sie hatte einen Teil von mir erweckt, der nicht auf Vernunft horchte. Den Jäger. Das wilde Ding in mir erwachte normalerweise nur, um einer Spur zu folgen. Zu verfolgen. Leute zu finden, die nicht gefunden werden wollten, und ihnen Gerechtigkeit zukommen zu lassen.

Das hier... ich strich mit den Händen über den weichen Rücken meiner Gefährtin. Ihr Hinterteil. Ihre Schenkel. *Das hier* war besser.

„Aber—"

„Ich brauche dich, Gefährtin. Ich brauche dich genau so."

Sie gab sich der Lust hin, die ich bot, und ließ ihren Oberkörper tief sinken. Sie stützte sich auf ihre Ellbogen, während ich in ihren Körper pumpte wie ein Tier. Ich würde nicht lange durchhalten, sie war zu scharf. Zu feucht. Ihr Duft ließ in meinem Kopf primitive Bilder explodieren von all den Arten, auf die ich sie nehmen wollte—nun, da sie mir gehörte.

Sie zog ihren Arm unter ihrem Oberkörper hervor, fasste nach unten und rieb an der empfindlichen Knospe zwischen ihren Beinen.

Der Anblick, wie sie sich selbst Lust bereitete, trieb mich in den Wahnsinn. Meine Gefährtin. *Meins.*

Ich hielt durch, bis sie aufschrie, bis die geschwollenen Wände ihrer Mitte pulsierten und um meinen harten Schaft herum zuckten. Ich packte ihre Hüften, hob sie vom Bett hoch und zog ihren Hintern nahe an mich heran. Tief in ihr versenkt kam ich, mein Aufschrei ein schockierender Laut, den ich noch nie ausgestoßen hatte.

Als es vorbei war, beugte ich mich vor und lehnte meine Stirn an die Wölbung in ihrem Rücken. Götter, sie war wunderschön.

„Du bist gefährlich, Weib."

Sie lachte leise, und die Bewegung in ihrer Mitte ließ mich ächzen. „Ich habe nicht damit angefangen."

„Hast du doch."

„Inwiefern?"

„Indem du zu schön warst, um zu widerstehen."

Das Kompliment schien sie sprachlos zu machen. Ich gab ihr einen sanften Kuss auf ihre dunkle Haut. Wie von einem Magneten angezogen, verweilte ich dort. Atmete sie ein. Bewegte mich ein bisschen. Küsste sie erneut.

„Wenn du nicht aufhörst, werden wir diesen Raum nie mehr verlassen." Ihre Stimme war sanft und akzeptierend. Sexy. Ich könnte den Rest meines Lebens zuhören, wie sie so klang.

„Du möchtest mir mit dem Paradies drohen?"

Ein eindeutig nicht-menschliches Winseln erfüllte die Luft. Ich blickte zur Seite und sah, dass ihr riesiges Haustier uns anstarrte, und in ihren dunklen Augen lag ein abschätzender Blick, den ich noch nie erlebt hatte.

Funkelte dieses Tier mich doch tatsächlich an?

„Oh mein Gott! Ich habe ganz vergessen, dass sie hier drin ist!", ächzte Rebecca. „Sieh sie dir an. Sie weiß Bescheid. Sie weiß, was wir getan haben! Runter von mir. Das ist mir peinlich."

„Dein Haustier wird sich daran gewöhnen, uns so zu sehen." Nur ungern verließ ich die Wärme ihres Körpers, doch ich zog meinen Schwanz heraus und blickte zu dem Tier, dessen Kopf seltsam angewinkelt war, zu einer Seite gelegt, während sie uns ohne zu blinzeln mit ihren riesigen braunen Augen anstarrte.

„Und wir haben es auch noch *Doggy-Style* getrieben! Oh Gott. Das ist ja noch schlimmer."

„Worüber bist du so aufgebracht?" Ich verstand ihre Anspielung absolut nicht. „Was ist ‚getrieben'? Beziehst du dich auf unsere Paarung? Und was ist *‚Doggy-Style'*?"

Sie lachte laut auf. Meine Gefährtin rollte sich zur Seite und stützte sich auf einem Arm auf, um mich anzusehen. Ihr dunkles Haar rahmte ihr Gesicht perfekt ein. „Was mache ich bloß mit dir, hm?"

Wieder vollständig bekleidet setzte ich mich neben sie auf das schmale Bett und schob sanft eine Haarsträhne beiseite, die sich auf ihr Gesicht verirrt hatte. „Mich behalten. Mir erlauben, an deiner Seite zu bleiben."

Rebecca ließ sich auf den Rücken fallen und starrte zu mir hoch, ihr Herz in ihren Augen. „Kein Wunder, dass ich dir scheinbar nicht böse bleiben kann."

Wusste sie, was ihr Blick mir verraten hatte? Fing sie etwa an, mich zu lieben? Durfte ich hoffen? Ich konnte diese zerbrechlichen Anfänge mit ihr nicht verlieren. Ich brauchte sie zu sehr. „Wir kehren auf die Erde zurück."

Sie keuchte auf und griff nach mir, und ihre Hand legte sich zärtlich auf meine Wange. „Danke."

Ich seufzte. Wenn sie mich so anblickte, konnte ich ihr nichts verwehren. Ich gehörte jetzt schon auf eine Weise ihr, die sie nicht verstehen konnte. Die Anziehungskraft einer geprägten Gefährtin war keine Kleinigkeit. Sie war ein Wunder. Eine Seltenheit. Wahr und stark und unweigerlich. Ich würde ihr alles geben. Ihr überall hin folgen. Für sie töten. Für sie sterben. Von ihrer Stimme niemals genug bekommen. Ihrer Berührung. Ihrem Duft. Ihrem Lächeln.

Ich wollte mehr. Ich wollte ihr Herz.

„Wir kehren zurück. Nicht für die Jagd. Nicht für die Koalition. Wir kehren zurück, weil ich weiß, dass dir dein Herz brechen würde, wenn wir es nicht tun."

Tränen sammelten sich in ihren Augen, und ich verfluchte mich selbst. Was zum Henker hatte ich nun wieder falsch gemacht? Ich hatte ihren Angreifer getötet. Ihr das Leben gerettet, und ihrem geliebten Tier auch. Ich hatte sie beide geheilt. Sie versorgt. Meine Absichten kundgetan und ihren Körper an mich genommen, ihr Lust verschafft. Ich hatte unsere Herzen zu einer Einheit verschmolzen durch die Verbindung unserer Male, während ich sie mit meinem Schwanz füllte. Was hätte ich in dieser kurzen Zeit noch mehr tun können?

Gar nichts. Ich hatte alles getan, was ich konnte. Und es war nicht genug.

Ich drohte vor Verzweiflung zu zerbrechen, als ich

die große Traurigkeit in ihren Augen zusammenbrauen sah.

Eine einzelne Träne lief ihre Wange hinunter. Zwei. Ich konnte es nicht ertragen. „Bitte, tu das nicht." Ich wischte die Tränen mit meinem Daumen weg. „Weine nicht. Ich werde das wieder gut machen. Was immer dir auch das Herz bricht, ich werde es reparieren."

Sie lächelte. „Das glaube ich nicht, Stark." Sie drehte ihren Kopf zur Seite und gab mir einen Kuss auf die Handfläche, meine Haut nass von den Tränen, die ich davongewischt hatte. „Ich glaube, so fühlt sich wohl Liebe an. Ich hatte nur nicht erwartet, dass sie wehtut."

„Ich weiß nicht. Ich war zuvor noch nie verliebt." Vor ihr.

Sie schniefte und wischte sich die restlichen Tränen weg. Sie setzte sich auf, und jede Kurve ihres Körpers schien von neuer Energie erfüllt. Sie zog mein Hemd hinunter, um sich zu bedecken, und patschte mit der Hand aufs Bett. „In Ordnung. Du, geh und setze den Autopiloten, oder wie immer ihr Jungs das nennt, auf die Erde."

„Die Reise wird fünf Tage dauern." Ich wollte sie mit dieser Nachricht nicht enttäuschen, aber sie musste es erfahren. „Wir sind beinahe zu Hause."

„Auf Everis?"

„Ja."

„In Ordnung. Es ist, wie es ist. Dreh uns um und dann komm mich suchen."

„Das Schiff ist nicht groß genug, um dich vor mir zu verstecken."

„Ich weiß. Ich sage dir sogar, wo du suchen sollst."

Verwirrt bemerkte ich, wie mein eigener Kopf sich zur Seite neigte, genau wie der ihres Tieres. „Wo?"

„In der Dusche. Dank dir brauche ich eine. Dringend."

Meine Sinne wurden sofort von der Vorstellung überfallen, wie Wasser über ihre Kurven strömte. Tropfen auf ihren Lippen. Meine Hände, die über jede Stelle ihres Körpers strichen. Das Gefühl der Reinigungsöle auf ihrer glatten Haut.

Mein Schwanz pulsierte. Ich verfluchte das schamlose Biest. Die Vision wollte mich nicht verlassen. Der Fluch einer lebhaften Phantasie.

„Das ist vielleicht keine so gute Idee." Ich wandte mein Gesicht ab. Der einzige Weg, mich wieder unter Kontrolle zu bekommen, war es, nicht länger hinzusehen. Ich konnte nicht denken, wenn sie so ausgestreckt auf meinem Bett lag wie eine Opfergabe an einen Gott. An mich.

„Ich weiß nicht. Ich würde diese Öle gerne ausprobieren."

„Was?" Mein Kopf fuhr alarmiert herum. Ich blickte über meine Schulter auf sie. Sie grinste, ein sexy, feminines Grinsen von purer Verführung.

„Ich weiß nicht, was du mit uns angestellt hast, als du unsere Muttermale aneinandergelegt hast. Aber ich scheine dich nicht so ganz aus meinem Kopf zu bekommen. Und manchmal sehe ich Dinge." Sie zuckte mit den Schultern. „Ich gehe davon aus, dass die von dir kommen. Irgendeine Nebenwirkung von Alien-Sex. Wenn nicht, dann habe ich ein ernsthaftes Problem.

KAPITEL 6

*R*ebecca, *fünf Tage später, auf der Erde*

DAS RAUMSCHIFF SENKTE sich auf eine leere Stelle in einem weit offenen Bereich innerhalb der Anlage des Abfertigungszentrums für Interstellare Bräute herab. Er machte die Monitore an, damit ich die kleine Armee von Riesen sehen konnte, die näherkamen, um uns zu umringen.

Uns. *Unser* Schiff. Wann war es zu dem geworden?

Es war vielleicht klein, aber es fühlte sich inzwischen wie zuhause an. Selbst Lilah hatte sich daran gewöhnt. Das kleine Bett machte mir nichts aus, weil Stark mich die ganze Nacht lang im Arm hielt. Wenn ich klagte, dass mir zu heiß war, dann sorgte er dafür, dass das Zimmer kühl genug für meinen Komfort war. Er kümmerte sich laufend um mich, fragte mich, ob ich Hunger hatte oder Durst oder müde war. Und er liebte mich mehrmals pro

Tag. Er setzte sogar diesen komischen Zauberstab ein, um mein Unterstübchen zu heilen, wenn es von all der ungewohnten Aktivität wund wurde.

Ha. Ich lächelte. Die letzten 10 Tage waren voll gewesen mit Reiben und Treiben und so vielen Orgasmen, dass ich zu zählen aufgehört hatte. Was völlig verrückt war, wenn ich bedachte, dass ich an einer Hand abzählen konnte, wie oft ich in den letzten fünf *Jahren* mit einem Mann im Bett gekommen war.

„Bist du dir ganz sicher?", fragte Stark.

„Ja. Vertrau mir. Sie ist berühmt. Scheint ein wirklich verrücktes Huhn zu sein."

„Sie ist ein Weibchen von einem der Vogelplaneten?"

„Nein. Was? Es gibt Vogelplaneten?"

„Natürlich."

„Warum stehen die nicht in den Broschüren?" Vogelmenschen? Du lieber Himmel. Was gab es noch alles da draußen?

„Sie gehören nicht zur Koalition der Planeten. Ihre Heimatwelten befinden sich in einer fernen Galaxis und sie hatten nicht den Wunsch, in unseren Krieg mit dem Hive verwickelt zu werden."

Vogelmenschen. Wow.

Ich stellte mich neben den Pilotensitz und hatte eine Hand auf seine Schulter gelegt, die Hand mit dem Mal, das Stark an mich gebunden hatte. Ich hatte das seltsame Mal mein ganzes Leben lang gehasst. Jetzt war ich dafür dankbar. Glücklich darüber.

Stark hob eine Hand und legte sie auf meine, seine Berührung so vertraut wie tröstlich. „Wie viele Prillonen- und Atlanen-Wächter braucht eine einzelne Frau?"

Ich blickte wieder auf die Monitore und musste ihm

recht geben. Mit hoch erhobenem Haupt auf uns zu kam die Frau, die ich aus den Broschüren kannte, die meine Freundin Katie mir gezeigt hatte, bevor sie sich als Braut gemeldet hatte. Die Frau war Aufseherin Egara, eine Menschenfrau, die für die Abfertigung aller Bräute in Nordamerika zuständig war. Ihre Basis war in Miami, was nicht gerade ums Eck von Cleveland war. Ich war immer noch weit von zu Hause entfernt, aber Stark hatte einen Plan, und ich hatte ihn davon überzeugt, dass die Menschen—oder Aliens—hier helfen würden.

Stark landete das Schiff und ging hinaus, um mit ihr zu reden. Ich blieb wie vereinbart im Cockpit—nicht, weil ich Angst hatte, rauszugehen, sondern weil ich immer noch nichts anzuziehen hatte und nicht jedem Alien in der Bude meinen Hintern präsentieren wollte.

Stark sprach kurz mit Aufseherin Egara. Ich sah zu, wie sie ihm eine Tasche überreichte. Nach wenigen Minuten war er bereits zurück. Begierig holte ich die bestellte Kleidung aus der Tasche und zog mir alles an. Alles passte perfekt, sogar BH und Höschen.

„Nackt gefällst du mir besser, Gefährtin."

Ich lächelte meinem Mann entgegen. Meinem Alien-Mann. „Keine Sorge, sobald wir wieder alleine sind, wechsle ich in meine übliche Bekleidung zurück."

„Du meinst eines meiner Hemden mit nichts drunter?"

„Natürlich."

Sein Lächeln ließ mein Herz ein wenig mehr schmelzen, als gut war. Ich war jetzt schon in ihn verliebt. Das wusste ich. Aber jedes Mal, wenn ich dachte, ich könnte ihm nicht noch tiefer verfallen, tat oder sagte er etwas, wofür ich ihn nur noch mehr wollte. Ich hatte seit dem

Tag, als ich in dem Glas-Sarg erwacht war, nicht mehr an die Uni gedacht, oder all die wertlosen Gegenstände, die ich für den Umzug gepackt hatte. Es gab nur eine Kiste mit persönlichen Gegenständen, die mir etwas bedeutete, Fotos und kleine Dinge, die ich nach dem Tod meiner Eltern noch behalten konnte. Die wollte ich schon haben. Der Rest? Nichts als beliebiges Zeug aus meinem beliebigen Leben vor *ihm*.

Hoffentlich hatte Aufseherin Egara meine Nachricht an Cleveland für mich vorausgeschickt, und einer meiner Freunde aus dem Zentrum hatte das Ding auftreiben können. Wo immer es war.

Ich strich die elfenbeinfarbene Bluse und die rostfarbene Hose über meinen Rundungen glatt und fühlte mich wieder normal. Also, so normal ich es eben konnte, während ein Alienmann mich anstarrte und Lilah im Korridor eines Raumschiffes ausgebreitet lag wie ein übergroßer Hundeteppich.

Ich schlüpfte in ein außerordentlich bequemes Paar Sandalen und lächelte zu Stark hoch. „Die sind perfekt."

„Natürlich. Ich habe sehr genaue Angaben über deine Größe geschickt."

„Aber du hast mich gar nicht gemessen."

Er lächelte und zog mich zu einem Kuss heran. „Natürlich habe ich das, Gefährtin. Jede einzelne Stelle an dir ist in mich eingebrannt."

Alles klar? Wie zur Hölle sollte ich einem Kerl widerstehen, der so unmögliche Sachen sagte und sie auch tatsächlich so *meinte*.

Für seine Mühen bekam er einen Kuss.

„In Ordnung. Gehen wir mit ihr sprechen." Ich legte meine Hand in Starks und ließ mich von ihm zum

Ausgang führen. „Was hat sie gesagt? Haben sie es finden können?"

„Nein."

„Nein? Ich habe ihnen doch genau gesagt, wo es ist."

„Es scheint, als wäre der Safe leer gewesen, als sie ihn öffneten."

„Was?"

Er lachte. „Wenn du dieses Wort weiterhin so oft verwendest, werde ich bald eine Gebühr dafür einheben."

„Wie eine Schimpfwort-Kasse?"

„Ich weiß nicht, was das ist."

„Nicht wichtig." Wir liefen die Rampe eines Raumschiffes hinunter, wie im Film. Auf uns wartete praktisch eine Armee an gigantischen, gepanzerten Aliens, und eine kleine Menschenfrau. Hübsch. Dunkles Haar. Graue Augen. Vielleicht ein, zwei Jahre älter als ich. Ich war nervös und brauchte eine Ablenkung. „Wie hoch ist die Strafe?"

Er zögerte nicht. Anscheinend hatte er schon länger darüber nachgedacht. „Ein Kuss."

Ich lachte leise. „Warum verlangst du so etwas, wenn du sowieso schon so viele haben kannst, wie du möchtest."

Er erstarrte plötzlich am Fuß der Rampe und drehte mich zu sich herum. „Kann ich das?"

Ich sah etwas in seinen Augen, das ich dort noch nie gesehen hatte. Verletzlichkeit. „Ja."

„Und morgen? Wenn die Drogenhändler erst tot sind?"

Mein Herz wurde schwer. Ich wollte mit ihm zusammen sein, aber ins Weltall ziehen? Gott, vor ein paar Tagen war es mir noch fast unmöglich erschienen, ans andere Ende des Landes zu ziehen. Ein anderer Planet war eine völlig neue Größenordnung an beängstigend.

„Entschuldigen Sie die Unterbrechung, aber wir haben nicht viel Zeit." Wir beide drehten uns herum und sahen Aufseherin Egara, die auf uns zugekommen war, mit je zwei riesigen Prillonen-Kriegern an jeder Seite. Vier Wächter? Nur für Stark?

Ich hielt ihr die Hand hin. „Hallo. Ich bin Rebecca. Das hier ist Stark."

Die Aufseherin nahm meine hingestreckte Hand entgegen und schüttelte sie kurz, bevor sie sich an Stark wandte. „Elite-Jäger Stark. Willkommen. Ich habe Prillon Prime kontaktiert und mir ihren Auftrag hier bestätigen lassen."

Neben mir wurde Stark starr. „Ich lüge nicht, Aufseherin."

Sie betrachtete Stark durch zusammengekniffene Augen, völlig unbeeindruckt von seinem strengen Tonfall. „Wir haben es hier auf der Erde in den letzten Monaten mit einer großen Menge unerwarteter Aktivität zu tun gehabt, darunter auch Machenschaften der Legionen von Rogue 5. Bitte sehen Sie mir nach, dass ich vorsichtig bin."

Als Stark zurückstarrte, trat ich zwischen sie und lächelte. „Es ist in Ordnung. Machen Sie sich nichts aus ihm. Er will nur mich beschützen und die Mistkerle umbringen, die Quell verkaufen."

Aufseherin Egaras graue Augen fielen auf mich. „Natürlich. Und Sie sind seine geprägte Gefährtin?"

Ich hielt meine Hand hoch, Handfläche nach außen,

um ihr mein Mal zu zeigen, während Stark einen Arm um mich legte und mich an seine Seite zog.

„Sie gehört mir."

Aufseherin Egara lachte, ihr gesamtes Auftreten völlig gewandelt, von unnahbar zu umwerfend. „Das sehe ich. Ausgezeichnet." Sie blickte mich mit einem viel sanfteren, gütigeren Lächeln an. „Ich habe einen starken Beschützerinstinkt gegenüber meinen Bräuten, Rebecca. Ich musste sichergehen, dass Sie in Sicherheit sind."

„Ich bin keine Interstellare Braut."

„Sind Sie nicht?" Sie blickte von mir zu Stark und zog ihre Augenbrauen hoch. Mir war nicht nach einer Debatte.

„Mir geht es bestens. Stark hat sich vorbildlich um mich gekümmert."

Von hinten stupste Lilah mit dem Kopf gegen mein Bein, bevor sie sich zwischen mich und das nächstgelegene Paar Prillonen-Krieger stellte. Ich musste zugeben, sie waren einschüchternd. Noch größer als Stark, mit scharfen Gesichtszügen und seltsam gefärbter Haut. Manche von ihnen sahen fast menschlich aus, mit dunkelbrauner Hautfarbe oder einem hellen Beige, das sonnengebräunte helle Haut sein könnte. Aber die anderen? Kupferfarben. Golden. Und dazu seltsame Augenfarben. Und die Atlanen hinter ihnen? Nun, die sahen mehr menschlich aus, aber sie waren weit über zwei Meter groß. Gut einen Kopf größer als das. Ein paar von ihnen näherten sich schon den zweieinhalb.

Und die verwandelten sich in etwas noch *Größeres*?

Der Himmel stehe den Mädels bei, die einem von denen zugewiesen wurden. Andererseits wurden sie nicht umsonst Biester genannt.

„Und das ist das große Mädchen, das sich von diesen schrecklichen, bösen Aliens anschießen hat lassen?" Aufseherin Egara konnte gar nicht genug von Lilah bekommen, kraulte sie hinterm Ohr—und Lilah genoss es in vollen Zügen.

Verräterin.

Was für ein Wachhund.

Aufseherin Egara—die immer noch vornübergebeugt war und meinen verräterischen Hund streichelte— grinste zu mir hoch. „Gehen wir hinein. Hier draußen ist es zu heiß." Sie blickte zu Stark. „Wir haben Ihre Bedenken berücksichtigt, Elite-Jäger. Wir haben mehr als genug Einsatzkräfte hier, um Ihnen dabei zu helfen, Ihre Verbrecher zu fangen und gleichzeitig Ihre Gefährtin zu beschützen."

Ich sah mir die Aliens an, die hier draußen unter der prallen Sonne Wache standen. Im Gebäude musste es noch mehr Alien-Krieger geben. Es war eine große Einrichtung. Ich blickte zu Stark hoch, dessen Lippen inzwischen nicht mehr ganz so schmal waren, und seine Schultern etwas entspannter. Er hatte sich wirklich um meinen Schutz Sorgen gemacht, während er auf der Jagd war.

Er war entzückend. Auf eine wirklich furchterregende Weise, die mich dazu brachte, ihm die Kleider vom Leib reißen und ihn dazu anstacheln zu wollen, mir nachzujagen. Stark hatte mich davor gewarnt, niemals vor ihm davonzulaufen, außer ich wollte gefangen und in himmlische Höhen gefickt werden. Davonlaufen würde seine ausgeprägten Jagdinstinkte aktivieren. Ich hatte schon gesehen, dass er sich schneller bewegte, als das nackte Auge verfolgen konnte. Ich wusste nicht, was er sonst noch tun konnte, aber diese Aliens schienen Stark alle eine gehörige Portion Respekt entgegenzubringen. Und Stark? Keine Furcht. Nicht einen Funken. Was einiges aussagte, denn diese Aliens waren riesig, furchteinflößend und gebaut wie Panzerwägen.

Jeder einzelne von ihnen achtete darauf, zu meinem Mann gehörigen Sicherheitsabstand zu halten.

Aua. Stark war scharf. Tödlich. Und *meins*.

Wir folgten Aufseherin Egara ins Innere des Gebäudes und ich ignorierte die Tatsache, dass mein nagelneues Höschen jetzt schon mehr als nur ein bisschen feucht war.

KAPITEL 7

MEIN KLEINES SCHIFF hatte noch nie so viele Personen getragen. Aufseherin Egara hatte angeboten, Rebecca in Miami zu behalten, wo sie beschützt werden konnte. Meine störrische Gefährtin allerdings hatte sich strikt geweigert, zurückgelassen zu werden.

Hier waren wir nun also, zusammengepfercht auf meinem kleinen Schiff mit sechs atlanischen Kampflords, die alle um Lilahs Aufmerksamkeit wetteiferten. Sie würden unser Haustier noch zu ihrem doppelten Umfang mästen, wenn sie nicht aufhörten, mit der S-Gen-Maschine ihre liebsten Hundeleckerlis herzustellen. Rebecca hatte ihnen alle Kommandos des Tieres beigebracht, und sie schubsten einander beiseite wie Kinder, um die sabbernde Kreatur zum Sitzen zu bringen. Oder Aufstehen. Platz gehen. Wieder auf. Am Boden rollen.

Tot spielen. Das hatten sie am liebsten. Ich musste zugeben, der Anblick von Lilah auf ihrem Rücken, mit schlaff heraushängender Zunge, war höchst unterhaltsam.

Und Rebecca? Sie sah dem närrischen Spiel zu und lachte. Ein Funkeln in ihren Augen, den Kopf in den Nacken geworfen. Sie war hübscher als je zuvor, und ich konnte mich nicht dazu überwinden, ihr den Spaß zu verderben.

Die Atlanen? Ich hätte sie am liebsten in die Sicherungszellen im hinteren Schiffsbereich geworfen, wenn Rebecca es erlaubt hätte. Ich hatte mehr als einen dabei erwischt, wie er meine Gefährtin bewunderte. Sie war atemberaubend. Ich konnte ihnen nicht verübeln, dass ihnen das aufgefallen war, aber es musste mir nicht gefallen.

„Wir sind fast da. Geht in Missionsmodus."

Lilah, *tot* am Boden, drehte ihren Körper gerade weit genug herum, dass sie mich kopfüber anschaute. Rebecca setzte sich wieder in den Co-Piloten-Sitz und schnallte sich an. Das Lächeln auf ihrem Gesicht wurde zu einem schwächeren Grinsen. Dann zu Besorgnis.

Die Atlanen reagierten ihrer Ausbildung entsprechend, gehorchten dem Befehl und ließen Lilah in Ruhe, um ein letztes Mal ihre Waffen und Rüstungen zu überprüfen.

Sichtlich nervös kaute Rebecca an ihrer Unterlippe und beugte sich näher an die Video-Bildschirme, auf denen das Jugendzentrum inzwischen zu sehen war. „Es sieht so klein aus von hier oben."

„Wir sind in wenigen Minuten dort. Geh für uns noch einmal den genauen Standort des Safes durch."

Rebecca betete uns allen die gleichen Informationen herunter, die sie schon mindestens ein Dutzend Mal aufgesagt hatte, als wir noch bei der Aufseherin in Florida waren. „Solange es später als zehn ist, sollte niemand mehr dort sein."

Ich scannte die Kommunikationskanäle der Menschen und las die Ortszeit ab. „Es ist elf Uhr fünfzehn."

„Sehr gut." Rebecca wurde sichtlich entspannter und lehnte sich in ihrem Sitz zurück. „Was macht dieses KI-Ding nochmal?"

Veliks Tonfall war freundlich, als er meiner Gefährtin antwortete. Was gut war, denn sonst hätte ich ihm die Knie brechen müssen, damit er vor ihr knien und um Vergebung bitten konnte. „Das Engramm enthält die Kern-Komponenten für das Künstliche-Intelligenz-System ihres Schiffs. Die KI betreibt das Schiff, führt alle für Weltraumreisen notwendigen Berechnungen durch und steuert die Schiffs-Systeme. Ohne sie ist ihr Gefährt nicht betriebsbereit."

„Und diese KI ist tatsächlich so klug, dass sie weiß, dass sie in meinem Safe eingeschlossen ist, und ein Notsignal aussendet?"

„In der Tat."

„Das ist ja mindestens so furchteinflößend wie *Terminator.*" Sie blickte zurück auf einen der Atlanen, der darauf bestanden hatte, eine übermäßig große Ionen-Flinte mit sich zu bringen. Die größte, die ich je gesehen hatte.

Er grinste. „Wir sind hier die einzigen, die etwas terminieren, meine Dame."

Ich schüttelte den Kopf.

Rebecca lachte. „*Terminator* ist ein Film über einen Roboter, der in die Vergangenheit reist, um den Anführer einer Revolution der Menschen zu töten."

Der Atlane schob seine Flinte auf die andere Seite. „Ich reise nicht durch die Zeit, aber ich bin sehr gut im Töten."

Rebecca stockte und starrte auf das breite Grinsen im Gesicht des Atlanen. „Gut zu wissen."

Zweifellos dachte sie, dass der Atlane scherzte. Ich wusste, dass das Gegenteil der Fall war. Und wenn der Sirena-Abschaum hier war, um sich das KI-Engramm für ihr Schiff zurückzuholen—etwas, worauf wir schon in Florida gekommen waren—würden wir diese unmögliche Flinte auch brauchen. Und alle sechs Atlanen.

Verdammte Scheiße. Warum hatte ich zugestimmt, dass Rebecca mit uns kommen konnte? Das hier war zu gefährlich.

Weil sie darauf bestanden hatte, und ich ihr nicht Nein sagen konnte.

Der Anführer der Atlanen, ein übertrieben großes Monster namens Velik, trat in die kleine Nische zwischen den beiden Piloten-Sitzen. Er blockierte meinen Blick auf Rebecca, und ich knurrte ihn beinahe an.

Wer war nun hier das Biest?

„Hast du das Signal aufspüren können?"

„Nein." Ich blickte erneut auf die Scanner. „Ich kann ein schwaches Kurzstrecken-Notsignal herauskommen sehen, aber die Frequenz ändert sich von Sekunde zu Sekunde. Das Signal ist nicht konsistent. Noch kann ich einen genauen Herkunftsort festmachen."

Der Atlane schnaubte. „Die KI testet wohl Frequenzen durch—versucht, ihr Schiff zu erreichen."

Er blickte über seine Schulter auf meine Gefährtin hinunter. „Haben Sie das Gerät an einen abgeschirmten Ort gelegt?"

„Ich—nein. Ich meine, ich habe es in die feuerfeste Box gelegt, die sich im Safe befindet."

„Woraus ist dieser Safe gefertigt?"

„Ich habe keine Ahnung. Stahl vielleicht?"

„Mit Thermo-Isolierung?"

„Er soll feuerfest sein, genau wie die Box im Safe. Also ja? Stahlbox in einem Stahlsafe, ausgekleidet mit etwas, damit er nicht brennen kann, wenn das Zentrum Feuer fangen sollte."

Velik schnaubte. „Unser Glück. Das KI-Signal wird nicht stark genug sein, um da durchzubrechen. Es wird Frequenzen durchtesten müssen, bis es eine findet, die stark genug ist, den Safe deiner Gefährtin zu durchdringen."

„Also ist es immer noch dort?", fragte Rebecca.

„Ich denke schon." Velik ließ seine Hand auf meine Rückenlehne klatschen. „Bring uns da runter, Jäger. Wir kümmern uns darum. Du bleib hier und pass auf deine Gefährtin auf." Er wandte sich ab und bewegte sich in den schmalen Korridor, der nun vor Atlanen platzte. Und Waffen.

Wenn ich nicht gewusst hätte, dass die Atlan-Biester in jeder Hinsicht riesig waren, würde ich mir diese Flinten ansehen und mich fragen, was sie damit wohl kompensieren wollten. In diesem Fall war keine Kompensation notwendig. Diese Kampflords liebten es einfach, Zeug in die Luft zu jagen.

Mit aktiviertem Tarnmechanismus landete ich mit dem Schiff auf dem Parkplatz vor Rebeccas Jugendzentrum. Der Himmel war dunkel, aber das hier war eine Stadt. Die Sterne wurden vom Schein der Millionen künstlicher Lichter verschleiert. Straßenlaternen erhellten den Großteil des Vordereingangs zum Zentrum. Schatten sammelten sich hier und da um Bäume und Büsche herum, in der Nähe einer Tür.

Das gefiel mir nicht.

Natürlich gefiel mir schon alleine der Gedanke nicht, dass meine Gefährtin überhaupt hier war.

Das Schiff bebte, als wir aufsetzten, und die Atlanen hatten die Tür geöffnet und waren im Freien, noch bevor ich den Antrieb ausgemacht hatte.

Neben mir schnallte Rebecca sich ab und drängte sich näher an die Bilder auf dem Bildschirm heran. Die Atlanen bewegten sich wie eine Flüssigkeit, die auf den Eingang zu floss. Sekunden später waren sie im Inneren verschwunden. Ihr Knie wippte mit raschen Bewegungen auf und ab, die mich von meinen laufenden Scans ablenkten.

„Ich hoffe, sie haben sich die Kombination gemerkt. Er hat sie sich nicht aufgeschrieben. Warum hat er sie sich nicht aufgeschrieben?" Rebeccas Bein wippte nur noch schneller. Sie fügte ihrem Repertoire noch ein Wippen ihres Oberkörpers hinzu, vor und zurück, und eine Hand rieb sich über die Stelle unter ihrem Brustkorb, wo sie angeschossen worden war, als täte ihr die Stelle weh. Ich bezweifelte, dass sie sich ihrer Bewegungen überhaupt bewusst war.

„Rebecca, ganz ruhig. Atlanen sind sehr gute Kämpfer. Ich bezweifle stark, dass sich auf diesem Planeten eine Armee befindet, die diese Kampflords bezwingen könnte." Ich griff hinüber und legte ihr meine Hand auf das wippende Knie. Die Bewegung stoppte sofort. Den Göttern sei Dank. Sie würde noch *mich* nervös machen mit ihrer explosiven Energie.

Ich wollte im Gebäude sein. Ich wollte da draußen sein und den Sirena-Abschaum jagen, der meine Gefährtin fast getötet hätte.

Mehr noch brauchte ich es, an ihrer Seite zu sein und sie in Sicherheit zu wissen.

„In Ordnung." Sie lehnte sich in ihrem Sitz zurück und schloss die Augen. „In Ordnung. Aber ich kann diesen Bildschirm nicht ansehen. Das ertrage ich nicht." Sie erhob sich aus ihrem Sitz und bewegte sich in Richtung des nun leeren Korridors. „Ich hole Lilah etwas zu essen." Sie blickte auf ihr Tier hinunter, und Liebe leuchtete aus ihren Augen, als sie sich tief hinunterbeugte und ihre Stirn an die des Hundes lehnte. „Du hast bestimmt auch Durst. Nicht wahr, Mädchen?"

Lilah hechelte fröhlich und folgte meiner Gefährtin in den Korridor. Augenblicke später hörte ich, wie Rebecca ihrem Hund zusäuselte. Lob. Zuneigung. Herzlichkeit. Liebevolle Worte.

Verdammte Scheiße. Ich war eifersüchtig auf einen Hund. *Und nicht zum ersten Mal.*

Ich ärgerte mich bei dem Gedanken über mich selbst und richtete meine Aufmerksamkeit wieder auf die Scanner, die die Frequenz-Ausstöße der KI überwachten. Ich schaltete mich ins Kommunikationssystem ein und hörte zu, was die Atlanen miteinander redeten, während sie sich durch das Gebäude bewegten. Den Safe fanden. Ihn öffneten.

Sie hatten es. Das KI-Engramm war in ihrem Besitz. Ohne es gab es keine Möglichkeit für Rokor oder seinen

Komplizen, den Planeten zu verlassen. Ihr Schiff war nutzlos.

Ausgezeichnet. Ich würde Rebecca zurück zu Aufseherin Egara bringen können, wo ich wusste, dass sie sicher geschützt war, in einem ganzen Komplex voll mit atlanischen Kampflords und Prillon-Kriegern. So versichert würde ich meine Jagd endlich wieder aufnehmen können.

„Lilah!" Ich hatte Rebeccas Schrei noch nicht ganz registriert, da war ich schon aus meinem Sitz aufgesprungen und in Richtung des Ausrufs unterwegs.

Der Hund lag zusammengekrümmt im Korridor, ein Ionen-Schuss in ihrer Seite. Sie atmete noch, aber sie war schwer verletzt.

Ich war auf der Rampe und hörte Rebeccas Protestlaute.

„Aufhören! Lass mich runter. Arschloch!"

Es gab keine Antwort. Sie war nicht notwendig. Ich wusste, wer sie hatte.

„Rokor! Lass sie los!"

„Komm und hol sie doch, Jäger." Ein grausames Lachen folgte dieser Herausforderung, danach ein schmerzhaftes Winseln.

„Nein!", schrie Rebecca, aber ich hörte keine Furcht in ihrer Stimme. Ich hörte Rage.

Meine tapfere, kühne Gefährtin. War ihr nicht klar, dass ihr Leben in Gefahr war? Dass Rokor ihr lieber die Kehle durchschneiden würde, als sich ihr Geschrei anzuhören?

Ich trat am oberen Ende der Rampe in Erscheinung. Wie erwartet starrte Rokor zu mir hoch, ein bösartiges Fauchen auf seinem Gesicht. Er hielt Rebecca am

Nacken fest und ließ sie fast schon in der Luft baumeln. Nur ihre Zehenspitzen berührten noch den Boden. Selbst das war eine Erleichterung. Rokor war von Rogue 5, ein Hyperion-Hybrid. Er konnte ihr im Handumdrehen die Kehle herausreißen...oder mit einem Biss seiner Fangzähne.

„Was willst du, Rokor?"

„Ich will mein KI-Engramm."

„Ich habe es nicht."

„Lügner." Er schüttelte Rebecca stark genug, dass ihre Beine in der Luft baumelten. Ihre Finger waren wie Krallen um seine Hand gekrümmt. „Komm schon, Jäger. Hör auf, dich in deinem Schiff zu verstecken. Wir haben die KI-Frequenz geortet, die von hier kommt. Gib mir, was ich will, und ich gebe dir, was du willst."

„Stark! Nein! Da sind noch zwei. Es ist eine Falle!"

Natürlich war es eine Falle. Es war immer eine Falle. „Wo ist dein Freund, Rokor? Oder hast du ihn auch getötet?"

„Er war unnütz."

„Und du wolltest nicht teilen." Es gab zu viele Menschen auf diesem Planeten, denen Rokor seine Drogen verkaufen konnte. Schwach. Klein. Rokor hätte auf der Erde ein König sein können. Ein Gott.

Ich war von der Koalition geschickt worden, um ihn vor Gericht zu bringen. Ich hätte meinen Auftrag ausgeführt. Aber nun hatte er es gewagt, meine Gefährtin anzufassen. Hatte sie verletzt. Beinahe getötet.

Alleine dafür würde er sterben.

Ich war ein Elite-Jäger. Rebecca hatte noch nie gesehen, wie ich meine Beute stellte. Hatte mich noch nie töten sehen. Ich verspürte nicht den Wunsch, ihr diese Seite an mir zu zeigen, aber ich hatte keine Wahl.

Ich beschwor mein uraltes Blut, ließ es meine Zellen mit seiner Kraft füllen. Intention. Ruhe.

Gerade noch stand ich an der oberen Kante der Schiffsrampe. Im nächsten Moment schnitt ich Rokors Arm von seinem Körper, und der abgetrennte Körperteil hing weiter an Rebeccas Hals.

Ich drehte mich herum und stieß mit einer Hand eine Klinge in Rokors Herz, während ich mit der anderen Rebecca hinter mich schob. Nun stand ich zwischen Rebecca und den anderen Angreifern.

Wie schade. Sie waren Menschen.

Rebecca schrie und zog sich die Hand vom Hals, und warf Rokors Gliedmaße so weit von sich, wie sie nur konnte. „Igitt! Ekelhaft. Oh mein Gott! Du hast ihm den Arm abgeschnitten."

Ich hatte keine Zeit, sie zu trösten. Die Menschenmänner waren ebenfalls bewaffnet. Ihre Waffen waren aus Metall gefertigt und stanken nach Öl. Ich wusste, dass es sich um veraltete Projektil-Schusswaffen handelte. Für mich keine Bedrohung, aber für Rebecca? Tödlich.

Mit schnelleren Bewegungen als je zuvor in meinem Leben verschwamm mein Blickfeld, während ich einem Mann nach dem anderen die Kehle durchtrennte. Rebecca schwankte, als mein Arm nicht mehr um sie lag, aber ich war zurück an ihrer Seite, bevor sie fallen konnte.

„Was?" Ihre Augen wurden groß vor Schock, als sie zusah, wie ein Menschenmann nach dem anderen sich an die Kehle fasste. Blut spritzte aus ihrem Hals hervor.

Verwirrung verschleierte ihre Blicke. Sie gingen beide zu Boden, um dort zu verbluten.

Ich suchte unsere Umgebung nach weiteren Bedrohungen ab und fand keine. Ich nahm sie in die Arme und hielt sie fest. Streichelte ihr über den Rücken, während sie schauderte. „Da ist dieses Wort schon wieder, Gefährtin."

Ein schwaches Lachen von ihr erlaubte mir, wieder zu atmen. „Du hast mir das Leben gerettet. Schon wieder."

Erleichterung machte mir die Knie weich. Erleichterung darüber, dass sie nicht vor mir zurückwich, mich nicht fürchtete. Ich hatte vor ihren Augen getötet, und sie hielt sich immer noch an mir fest. „Hast du Angst vor mir?"

„Was?"

Die Götter seien verdammt, ich würde dieses Wort aus ihrem Vokabular verbannen.

Vorsichtig legte ich ihr beide Hände an die Wangen und lehnte ihren Kopf zurück, sodass ich ihr in die Augen blicken konnte. „Hast du Angst vor mir?"

Sie blickte verwirrt drein. „Warum sollte ich vor dir Angst haben?"

„Ich habe getan, was notwendig war, um dich zu beschützen. Ich wünschte, du wärst nicht gezwungen gewesen, mich so zu sehen."

Sie hob ihre Hände und legte sie auf meine, und drückte meine Hände an ihre weichen Wangen. „Sie waren böse, Stark. Das pure Böse. Ich bin froh, dass du sie umgebracht hast." Tränen traten ihr in die Augen, und ein Sehnen breitete sich in meiner Brust aus. „Es tut mir leid, dass du so etwas machen musst. Ich meine, zu töten, um andere zu beschützen. Das muss schrecklich für dich sein."

Ich hatte vor ihren Augen drei Männern die Kehle durchgeschnitten, und sie machte sich Sorgen um *mich*?

Ich küsste sie. Es gab sonst nichts, was ich tun konnte. Sie ergab keinen Sinn, meine Frau. Nicht einen Funken.

Den Göttern sei Dank.

Ich hörte die Atlanen aus dem Gebäude kommen. Von Velik kam ein langgezogenes Pfeifen, als er die Szene betrachtete, und die anderen fächerten sich hinter ihm aus. „Und uns hast du nichts übriggelassen, was?"

„Nein."

Er nickte. „Die hatten keine Ahnung, womit sie es hier zu tun hatten, oder?"

„Nein."

„Furchterregende Scheißerchen." Er deutete mit dem Kopf auf die anderen Kampflords. „Verschwinden wir von hier."

„Zwei sind menschlich, aber der da ist von Rogue 5."

„Verstanden." Mit einem knappen Nicken von Velik kamen zwei seiner Männer heran und hoben Rokors Leiche auf.

Mit einer Hand um meine Gefährtin gelegt, kramte ich mit der anderen in den Taschen meiner Uniform, holte den DNA-Scanner und eine Bio-Fackel heraus und warf sie einem der Atlanen zu. Er fing sie aus der Luft auf und grinste.

„Wollte so ein Ding immer schon mal verwenden."

„Na dann, nur zu." Ich hob Rebecca hoch und hielt sie in meinen Armen. Diesmal war sie nicht schwer verletzt. Diesmal schlang sie ihre Arme um meinen Hals und schmiegte ihren Kopf an meine Schulter.

Sie schniefte. Schauderte.

„Was ist los? Tut dir etwas weh?"

„Er hat Lilah umgebracht." Ihre Stimme war gebrochen.

„Nein, Liebste. Dein goldenes Biest lebt. Sie ist verletzt, aber am Leben. Das verspreche ich dir."

Diese Neuigkeit schien den Rest der Beherrschung, die sie über ihre Emotionen hatte, zu brechen. Sie zitterte, während ich sie in die Sicherheit meines Schiffes trug. Gemeinsam knieten wir uns neben Lilah hin. Die tapfere Hündin brachte es zusammen, ihren Kopf zu heben und ihrem Frauchen mit großer Zunge über das Handgelenk zu schlecken.

Sie würde es überleben.

Ich achtete nicht weiter auf die Atlanen, blickte erst wieder von meiner Gefährtin hoch, als einer mit einem ReGen-Stab an meiner Seite erschien. Ich hob das Gerät an Rebeccas Nacken. Sie wollte meine Hände wegdrücken.

„Lilah braucht das mehr als ich."

Ich nahm ihre beiden Hände in eine von meinen und wartete, bis sie mich ansah. Unsere Blicke verschmolzen. „Du wirst immer an erster Stelle kommen, Rebecca. Immer."

Sie senkte einige Sekunden lang ihre Augenlider. Ich erwartete einen Widerspruch.

Als ihre Augen sich wieder öffneten, sah ich darin etwas, das ich noch nie gesehen hatte. Ich hatte nicht zu hoffen gewagt.

Dann sprach sie die Worte.

„Ich liebe dich, Stark. Danke, dass du dich um mich kümmerst."

„Ich liebe dich, Rebecca. Wenn du mich willst, würde ich mich gerne den Rest unseres Lebens lang um dich kümmern."

„Für immer?"

„Ja."

„Auf Everis?"

„Ja."

„Kann Lilah mitkommen?"

„Natürlich."

Die Atlanen waren um uns herum geschäftig, kümmerten sich um das Schiff und ihre Waffen. Rokors Leiche war verbrannt worden. Das Schiff hob vom Boden ab und ich bewegte mich immer noch nicht. Einer von ihnen reichte mir das DNA-Gerät zurück und ich steckte es ohne hinzusehen in meine Tasche zurück. Ich konnte meine Augen nicht von Rebecca nehmen. Brauchte ihre Antwort.

„Ja. Ich will bei dir sein." Sie lehnte sich zurück und streckte mir ihren Hals hin, vertraute mir ihre Heilung an. Dass ich sie versorgte.

Sie liebte.

Für Immer.

„In Ordnung."

MEHR WOLLEN?

Weißt du was? Ich habe eine kleine Bonus Geschichte für dich. Also melde dich für meinen deutschsprachigen Newsletter an. Durch das Eintragen in die Liste wirst du auch über meine neuesten Veröffentlichungen informiert werden, sobald sie erscheinen (und du erhältst ein kostenloses Buch…wow!)

Wie immer…vielen Dank, dass du meine Bücher liest!

http://kostenlosescifiromantik.com

WILLKOMMENSGESCHENK!

TRAGE DICH FÜR MEINEN NEWSLETTER EIN, UM LESEPROBEN, VORSCHAUEN UND EIN WILLKOMMENSGESCHENK ZU ERHALTEN!

http://kostenlosescifiromantik.com

INTERSTELLARE BRÄUTE®
PROGRAMM

EIN Partner ist irgendwo da draußen. Mach noch heute den Test und finde deinen perfekten Partner. Bist du bereit für einen sexy Alienpartner (oder zwei)?

Melde dich jetzt freiwillig!
interstellarebraut.com

BÜCHER VON GRACE GOODWIN

Seine unschuldige Prinzessin

Die Jungfrauen Sammelband - Bücher 1 - 5

Zusätzliche Bücher

Die eroberte Braut (Bridgewater Ménage)

Erobert vom Wilden Wolf

Ascension-Saga: 1

Ascension-Saga: 2

Ascension-Saga: 3

Ascension-Saga: Bücher 1-3 (Band 1)

Ascension-Saga: 4

Ascension-Saga: 5

Ascension-Saga: 6

Ascension-Saga: Bücher 4-6 (Band 2)

Ascension-Saga: 7

Ascension-Saga: 8

Ascension-Saga: 9

Ascension-Saga: Bücher 7-9 (Band 3)

The Beasts

Die Bachelor-Bestie

Ein Zimmermädchen für die Bestie

Die Schöne und das Biest

Die Bestien Sammelband

Meine große, böse Bestie

Traumbestie

Ein handel mit der Bestie

ALSO BY GRACE GOODWIN

Interstellar Brides® Program

Assigned a Mate

Mated to the Warriors

Claimed by Her Mates

Taken by Her Mates

Mated to the Beast

Mastered by Her Mates

Tamed by the Beast

Mated to the Vikens

Her Mate's Secret Baby

Mating Fever

Her Viken Mates

Fighting For Their Mate

Her Rogue Mates

Claimed By The Vikens

The Commanders' Mate

Matched and Mated

Hunted

Viken Command

The Rebel and the Rogue

Rebel Mate

Surprise Mates

Rogue Enforcer

Interstellar Brides® Program Boxed Set - Books 6-8

Interstellar Brides® Program Boxed Set - Books 9-12

Interstellar Brides® Program Boxed Set - Books 13-16

Interstellar Brides® Program Boxed Set - Books 17-20

Interstellar Brides® Program: The Colony

Surrender to the Cyborgs

Mated to the Cyborgs

Cyborg Seduction

Her Cyborg Beast

Cyborg Fever

Rogue Cyborg

Cyborg's Secret Baby

Her Cyborg Warriors

Claimed by the Cyborgs

The Colony Boxed Set 1

The Colony Boxed Set 2

The Colony Boxed Set 3

Interstellar Brides® Program: The Virgins

The Alien's Mate

His Virgin Mate

Claiming His Virgin

His Virgin Bride

His Virgin Princess

The Virgins - Complete Boxed Set

Interstellar Brides® Program: Ascension Saga

Interstellar Brides® Program: The Beasts

Starfighter Training Academy

Starfighter Training Academy Boxed Set

Other Books

Dragon Chains

Their Conquered Bride

Wild Wolf Claiming: A Howl's Romance

HOLE DIR JETZT DEUTSCHE BÜCHER VON GRACE GOODWIN!

Du kannst sie bei folgenden Händlern kaufen:

Amazon.de
iBooks
Weltbild.de
Thalia.de
Bücher.de
eBook.de
Hugendubel.de
Mayersche.de
Buch.de
Bol.de
Osiander.de
Kobo
Google
Barnes & Noble

GRACE GOODWIN LINKS

Du kannst mit Grace Goodwin über ihre Website, ihrer Facebook-Seite, ihren Twitter-Account und ihr Goodreads-Profil mit den folgenden Links in Kontakt bleiben:

Web:
https://gracegoodwin.com

Facebook:
https://www.facebook.com/profile.php?
id=100011365683986

Twitter:
https://twitter.com/luvgracegoodwin

ÜBER DIE AUTORIN

Grace Goodwin ist eine USA Today und internationale Bestsellerautorin romantischer Fantasy und Science-Fiction Romane. Graces Werke sind weltweit in mehreren Sprachen im eBook-, Print- und Audioformat erhältlich. Zwei beste Freundinnen, eine kopflastig, die andere herzlastig, bilden das preisgekrönte Autorenduo, das sich hinter dem Pseudonym Grace Goodwin verbirgt. Beide sind Mütter, Escape Room Enthusiasten, Leseratten und unerschütterliche Verteidiger ihres Lieblingsgetränks (Eventuell gibt es während ihrer täglichen Gespräche hitzige Debatten über Tee vs. Kaffee). Grace hört immer gerne von ihren Lesern.